Emanuel Geibel

Brunhild

Eine Tragödie aus der Nibelungensage

Emanuel Geibel

Brunhild
Eine Tragödie aus der Nibelungensage

ISBN/EAN: 9783742816245

Hergestellt in Europa, USA, Kanada, Australien, Japan

Cover: Foto ©Andreas Hilbeck / pixelio.de

Manufactured and distributed by brebook publishing software
(www.brebook.com)

Emanuel Geibel

Brunhild

Brunhild.

Eine Tragödie

aus der Nibelungensage

von

Emanuel Geibel.

Fünfte Auflage.

Stuttgart 1890.

Verlag der J. G. Cotta'schen Buchhandlung

Nachfolger.

Brunhild.

Zum erstenmale aufgeführt auf dem Hoftheater zu München
am 3. Januar 1861.

Die letzte Spur des Hochzeitfestgelages
Getilgt, und ernst und ruhig mag der Saal
Die jungen Paare wiederum empfangen,
Wenn sie der Tag aus ihren Kammern ruft.

(Kurze Pause.)

Habt ihr die Purpurteppiche gelegt
Vom Brautgemach des Herrn im rechten Flügel
Bis an die Treppe, die zur Halle führt?

Diener.

Ich that's; in beiden Flügeln legt' ich sie.

Hagen.

In beiden? Wer befahl das?

Diener.

Ei, ich dachte,
Weil auch Herr Siegfried gestern Hochzeit hielt,
So wär's geziemend —

Hagen.

Laß dein Denken, Freund,
Und thu', was dir geboten ward, nicht mehr.
Herr Siegfried ist ein auserles'ner Degen,
Doch königlicher Prunk gebührt ihm nicht.

Geht, nehmt die Decken fort im linken Flügel!
Dann mögt ihr nicken bis zum Hahnenschrei.

(Die Diener entfernen sich.)

Zweiter Auftritt.

Hagen. Volker.

Hagen.

Siegfried und Siegfried! Thut doch jedermann,
Als wär' er hier der Herr; und gnädig nimmt er's,
Mit sicherm Lächeln, unverwundert hin.
Ich glaube, böt' ihm Gunther seine Krone,
Er setzte sie aufs Haupt und dankte kaum.

Volker.

Du liebst ihn nicht, ich weiß —

Hagen.

Du sagst es, Volker. —

Doch reden wir von anderm, wenn du nicht
Zu schlummern vorziehst. Denn der Morgen graut.

Volker.

Mein Sinn steht nicht auf Schlaf. Noch immer tost

Des Festes Nachhall dumpf in meiner Seele;
Und vor Gedanken fänd' ich doch nicht Rast.

Hagen.

Du scheinst nicht heiter. Sprich, was dir mißhagt? —
Wir sind allein.

Volker.

Ich bin doch sonst fürwahr
Kein Grillenfänger, der sein Herz verschließt,
Wo's fürstlich hergeht, und beim vollen Becher
Vergess' ich leicht und gern, was Sorgen heißt.
Doch gestern —

Hagen.

Nun?

Volker.

Was soll ich's bergen, Freund?
Ich ward der lauten Herrlichkeit nicht froh.
Mir war's, als lastet' ein Gewitterdruck
Jedwede Luft beklemmend überm Saal,
Und zwischen Saitenspiel und Kerzenglanz
Befiel es mich wie Ahnung künft'gen Weh's.

Hagen.

Du sagst, was ich umsonst mir selbst verleugnet.

Volker.

Sieh, hätt' ich Siegfried nur, und ihm zur Seite
Sein hold Gemahl geschaut, mir wäre traun
Das Herz in lichten Freuden aufgegangen.
Denn niemals floß um hohe Stirnen wohl
So wolkenlos der Minne Glanz und Glück.
Doch wenn ich dann zum andern Tafelende
Das Auge wandte, wo der König saß —

Hagen.

Da bot sich freilich kein so freundlich Bild.

Volker.

So sahst du's auch, wie hinter Gunthers Lächeln
Sich Unrast barg? Wie er im Sessel rückte,
Die Lippe biß, und plötzlich wieder dann
Den Becher schwang und haftig niederstürzte?
Frau Brunhild aber thront' in kalter Schönheit,
Die Lippe trotzig aufgeschürzt, das Auge
Glanzlos ins Leere starrend, neben ihm,
Als schweift' ihr Geist in weiten Fernen um.
Nur manchmal, wenn nach lautem Becherspruch
Die Wölbung vom Geschmetter der Drommeten,
Vom Schall der Pauke dröhnte, fuhr sie auf;

Und wenn ihr Blick alsdann, den Saal durchfliegend,
Auf Siegfried und Chriemhilden haften blieb,
Da zuckt' ihr Mund, als wollt' ein Wort des Zorns
Hervor sich drängen. Doch sie zwang's zurück,
Und sank aufs neu in ihr verhaltnes Brüten.

Hagen.

Ich sah's, wie du.

Volker.

Mir bangt um Gunthern, Freund.
Er wird des Bundes, sorg' ich, den er schloß,
Nicht fröhlich werden. Doch wer hieß ihn auch
Dies Hünenweib umfrein, in dessen Adern
Des Nordens fremde Wildheit dunkel rollt!
Es hätt' ihn keine von des Landes Töchtern
Verschmäht.

Hagen.

Das mußt' er, drum verschmäht' er sie.

Volker.

Und nahm die Männin, die voll Uebermut
Sich dem verhieß, der sie im Kampf besiegte!

Hagen.

Ein schwer erreichbar Ziel nur lockt den Mann,

Und lockt ihn doppelt, wenn es wie ein Wunder
Aus abenteuerlicher Ferne winkt.
Das that Brunhild. Und wer sie schaut, begreift,
Daß seiner Sehnsucht still genährtes Feuer
Nur höher aufschlug, als er ihr genaht.

Volker.

Mir graut vor diesem Reiz. Sie hat kein Herz.

Hagen.

Wer weiß! Ich sah sie anders schon, wie gestern.

Volker.

Doch traulich niemals, nie voll Huld.

Hagen.

       Auch so.

Volker.

Und war das echt?

Hagen.

   Es schien.

Volker.

       Du machst mich staunen.
Doch bist du wochenlang mit ihr verkehrt,
Da du dem König schon bei seiner Werbung
Mit Siegfried folgtest nach dem Isenstein.

Hagen.

Sie blieb für mich ein Rätsel dort, wie hier.

Volker.

Auch dort! Gib denn Bericht, wie sie gebarte.
Schon längst von eurer Brautfahrt hätt' ich gern
Ein zuverlässig Wort gehört.

Hagen.

Wohlan!
Vernimm den ganzen Hergang unsres Zuges.
Wir hatten gute Fahrt. Am zwölften Tage
Entstiegen wir dem Schiff am Isenstein
Und zogen in die Burg, die stolzbetürmt
Auf steiler, meerausblickender Klippe ragt.
In Waffen kamen wir, auf trotz'gen Anruf,
Auf widerwilligen Empfang gefaßt.
Doch anders, traun, erging's, als wir erwartet.
Denn kaum, daß unser Fuß den Hof beschritt,
So naht' auch schon in ihrer Jungfraun Schar,
Von des Palastes Stufen niedersteigend,
Bekränzten Hauptes, uns die Königin.
Mit holdem Gruße bot sie jeglichem
Den Willkommsbecher, gleich als wären wir

Des Hauses sehnsuchtsvoll erharrte Freunde,
Wiewohl doch Siegfried nur bekannt ihr war.
Und dann, uns gastlich in die Halle ladend,
Hieß sie beim Mahl uns rasten von der Fahrt.
Da flog der silberarmigen Mägde Schar,
Auf reichem Prunkgeschirr die Speisen tragend,
Da strömten Düfte, rauschte Saitenspiel.
Die Fürstin aber saß, die stolzen Brauen
Gesenkt, mit wundervollem Lächeln da.
Ja, manchmal deucht' es mir, sie ahne wohl
Was uns daher geführt, und harre nur
In froher Scham des klar gesprochnen Worts.
Doch wer erforschte dieses Weibes Sinn!
Denn als am Schluß der Tafel Gunther nun
Das Trinkhorn festlich hob, und seine Werbung
Mit feierlichem Spruch verkündete:
Da fuhr sie jählings schreckverstört vom Sessel,
Wie einer, den vom ersten süßen Schlaf
Des Feuerhorns Erzstimme weckt. So stand
Sie lang, ein büster schönes Rätselbild,
Umsonst nach Worten ringend, während Glut
Und Totenbläss' auf ihrem Antlitz kämpften.
Doch plötzlich, wie aus Zweifeln königlich

Empor sich richtend, sprach sie laut und fest:
„Du willst den Zweikampf, Gunther, nimm ihn denn!
Doch hüte dich, du wirbst um dein Verderben."
Drauf in des Mantels purpurtiefe Falten
Die Schultern schlagend, brach sie auf, und schritt
Stolzhäuptig grüßend langsam aus der Halle.

Volker.

Seltsam! — Und wie erging's am andern Tag?

Hagen.

Der nächste Morgen wies im Burghof uns
Den Kampfplatz abgesteckt, und kaum erreichte
Die Sonne den geschloßnen Raum, so stieg
Im goldnen Panzer schon, hochaufgeschürzt,
Herab die Fürstin; drängend flutete
Der Schwarm der Jungfraun von den Stufen nach.
Doch sie, walkürenhaft die Locken schüttelnd,
Den Erzschild schwingend, daß er Blitze schoß,
Sprang hastig in den Schrankenhag, und schaute
Von Wildheit trunken nach dem Gegner um.
Geschloßnen Aarhelms, ganz in Stahl geschuppt,
Trat Gunther festen Schrittes ihr entgegen,
Zum Kampf bereit; auch er ein Bild der Kraft.

Ja, fast bedünkte seiner Glieder Bau
Mir über das gewohnte Maß zu ragen,
Als hätt' ihn über Nacht die strenge Not
Mit Löwenmilch zum Riesen aufgenährt.
So stand das Paar sich dräuend gegenüber,
Gewitterwolkenstumm.   Und stille ward's,
Daß man der Brandung dumpfen Schlag vernahm.
Da schmetterten zum Angriff die Drommeten,
Und dröhnend von der Lanzen Wurf zugleich
Erklang der Schilde festes Erzgewölb.
Der Kampf ward heiß; es sauste Speer um Speer,
Bis endlich, hart mit stumpfem Schaft getroffen,
Die Fürstin schwankt', und niederbrach ins Knie.
Doch grimmig lachend sprang sie auf.   Und als
Sie nun des Wurfsteins ungeheure Last
Zwölf Klaftern weit hinschleudert', und im Schwung
Ihm dröhnend nachsprang, stockte mir der Atem,
Und bange sorgt' ich um des Kampfes Ausgang.
Doch Gunther, hochgewaltig, wie ich kaum
Ihn vormals schaute, wog und schwang den Block,
Und speereslang noch übers Ziel hinaus
Im Wurf ihn schmetternd, übersprang er ihn.
Mit Staunen schauten wir's, der Sieg war sein.

Die Fürstin aber, zwischen zorn'ger Scham
Und Ehrfurcht schwankend, bot mit glühnder Stirne
Die Hand ihm dar, und so zum Volk sich wendend
„Hier steht der König," sprach sie, „huldigt ihm!
Denn nicht mehr weigr' ich ihm den Ring der Braut."
Da hub sich tausendstimmig Jubelrufen,
Doch er, als hätt' ihm sein urplötzlich Heil
Den Mund versiegelt, grüßte schweigend nur
Mit dichtgeschloßnem Helm, und schritt hinauf,
Den Panzer mit dem Festgewand zu tauschen.

Volker.

Und was ward weiter?

Hagen.

   Nun, der Tag verging
In müß'ger Feier. Gunther schien sein Glück
Fast scheu noch wie ein Wunder zu empfinden,
Dem Knaben ähnlich, der ein überreich
Geschenk kaum zu ergreifen sich getraut.
Brunhild war schweigsam. Gegen Abend erst,
Als Siegfried heimkam —

Volker.

   Wie? So war er nicht
Beim Kampf zugegen?

Hagen.

Nein, du kennst ihn ja,
Der stets der blinden Laune nur gehorcht;
Gleichgültig hatt' er, um des Königs Schicksal
Nicht sorgend, den verhängnisvollen Tag
Im Felsthal auf der Bärenjagd verschwärmt.

Volker.

Maßloser Leichtsinn!

Hagen.

Heiß' es Uebermut!
Und so empfand's Brunhild. Denn als er nun
Am Abend heimkam, und des Bären Haupt
Und Klauen huld'gend ihr zu Füßen legte:
Ich werde nie den Blick des Zorns vergessen,
Der wetterleuchtend ihr vom Auge ging. —
Seit jener Stunde, deucht mir, haßt sie ihn.

Volker.

Auch das noch! — Hagen, mög' uns gnadenvoll
Ein Gott durch all dies Wirrsal führen!

Hagen.

Horch!

Was gibt es? Auf den Stiegen wird es laut;
Das war der Fürstin Stimme.

Volker.

Nahn sie schon? —
Nun, das heißt früh vom Brautbett aufgebrochen.

Dritter Auftritt.

Die Vorigen. Brunhild. Gunther. Mehrere Diener.

Brunhild (hastig eintretend).

Hinab zum Hof und sattelt mir den Hengst!
Ich will zum Jagen.

Gunther.

Hör' mich an, Brunhild!
Zu dieser Stunde, wo die Mannen kaum
Versammelt, uns zu grüßen — Laß es gut sein!
Es ist nicht Sitte —

Brunhild.

Wer entscheidet hier,
Was Sitte sein soll! Heiß' ich Königin,
Um jeder dumpfen Satzung mich zu fügen,

Die altersschwach ein Höfling einst ersann?
Schirrt mir den Hengst!

(Ein Diener entfernt sich.)

Gunther.

   Du solltest nicht im Unmut
Die Satzung schmähn, die von des Fürsten Haupt
Gemeines wehrt --

Brunhild.

   Ein Schwächling, wer von ihr
Sein Ansehn borgen muß! Wer herrschen will,
Sei groß genug, des Flitters zu entbehren!
Wo Kraft sich zeigt, bleibt Ehrfurcht nimmer aus.
Doch wozu red' ich hier! Mich drückt die Luft
In diesen Wänden wie Gefängnisatem;
Und draußen rauscht der Wald und braust der Strom.

Gunther.

Nun denn, so reite. Was versagt' ich dir!
Um Mittag folg' ich nach. Dann führ' ich dich
Zum Gipfel, wo dein Blick die weiten Forsten,
Die jetzo dein sind, überschauen soll.

Brunhild.

Thu', was du magst. Nicht heischt' ich dein Geleit;

Nur frei sein will ich. Und beim Thor, mir deucht,
Du haft erfahren, daß ich meine Rechte,
Dafern es not thut, mir zu wahren weiß.

Der Diener (wieder eintretend).

Die Rosse sind gezäumt.

Brunhild.

Wohlan denn, folgt mir,
Und grüßt mit Hörnerschall den jungen Tag!

(Brunhild rasch ab mit einem Teil des Gefolges. Gleich darauf draußen
eine kurze Fanfare von Hörnern.)

Vierter Auftritt.

Gunther. Hagen. Volker.

Gunther (mit mühsamer Fassung).

Ich bitt' euch, meine Treuen, lasset euch
Nicht irren durch der Fürstin Ungestüm.
Ihr wißt es ja, sie ward im Panzer groß,
Und, früh der mütterlichen Hut beraubt,
Sich selber Herrin, lernte sie noch nicht
Die eigenwillig stolze Kraft zu zügeln.

Das wird sich ändern, wenn ihr hoher Sinn

Von unsres Hauses sicherm Maß umwaltet

Den Segen festgebiegner Ordnung spürt;

Denn klugen Geistes ist sie, wie sie stürmt.

Drum nochmals, nehmt ihr Thun wie Frühlingsbrausen,

Das doppelt reichen Sommer uns verheißt.

Jetzt aber geht, und ruft mir Siegfried her.

Volker.

Als ahnt' er dein Gebot, betritt er eben

Die Schwelle dort.

Gunther.

Wohl denn! Auf Wiedersehn!

(Volker und Hagen entfernen sich auf Gunthers Wink durch eine Seitenpforte.
Siegfried erscheint im Hintergrund.)

Fünfter Auftritt. [1]

Gunther. Siegfried.

Siegfried.

Was gibt es, Schwager? Lust'ger Hörnerschall

Erklang vom Schloßhof. Naht ein Gast vielleicht?

---

[1] Die für die Bühne bestimmte Fassung dieses Auftrittes ist im Anhang
nachzusehen.

Gunther.

Die Fürstin zieht zur Jagd —

Siegfried.

So hab' ich mich
Verspätet wohl — Nun — heute geht mir's hin —
Du weißt ja, was mich hielt. Jetzt aber laß
Mit frohem Glückwunsch dir die Rechte schütteln;
Und mag dir aus dem Schoße dieser Nacht
Ein freudereicher Sproß dereinst erblühn,
Der Erstling eines stolzen Waldgeschlechts.

Gunther.

Dein Wort ist bitter, doch du weißt es nicht.

Siegfried.

Mein treu gemeinter Wunsch? Ei, Schwager Gunther,
Wie faß' ich dich! — Du schweigst? Du kehrst dich ab?
Was ist geschehn?

Gunther.

O, ich bin elend, Siegfried,
Unsäglich elend! —

Siegfried.

Bei den Göttern! Sprich!

Gunther.

In Stummheit bergen sollt' ich, was mich quält,
In ew'ge Nacht, daß keine Seele je
Den Makel ahnte — Doch ich trag' es nicht —
Gewaltsam schreit das eingepreßte Leid
Nach Luft, und droht die Brust mir zu zersprengen —
O schmachvoll, schmachvoll, so betrogen sein!

Siegfried.

Erkläre mir —

Gunther.

Griffst du verschmachtend je
Nach einem Becher schon, und fandest drin
Anstatt des süßen Trunks, nach dem du lechztest,
Geschmolzen Erz?

Siegfried.

Errat' ich dich? — Brunhild?

Gunther.

Der Fels, auf dem sie wuchs, der eisumstarrte,
Gibt eher Gunst um Gunst zurück, als sie.

Siegfried.

Ei, kühnes Weib will kühn erworben sein.

Gunther.

Und meinst du, daß ich wie ein Schäfer warb?
Nein, bei den Sternen, die mit düstern Augen
Ins Fenster schauten, wenn um Minnelohn
Auf Tod und Leben je gerungen ward:
Ich that nicht minder. Aber leichter hätt' ich
Den wilden Rheinstrom, der in Frühlingsnächten
Den Damm zerriß, mit meiner Kraft gezähmt,
Als dieses Weibes unnahbaren Zorn. —
Wie vor der Wut des Elements erlag ich,
Und nichts gewann ich, nichts als Schmach und Hohn.

Siegfried.

Die Rasende! Vermißt sie sich, der Welt
Gesetz und Ordnung auf den Kopf zu stellen?
Ei, geht's nach ihr, so jagt hinfort wohl auch
Der Hirsch den Weidmann und das Lamm den Wolf.
Sie lehrt die Fische auf dem Trocknen tanzen,
Und schickt den Stier zum Grasen in die Flut!

Gunther.

O, du bist grausam, bei des Freundes Not
Zu scherzen —

Siegfried.

Scherzt' ich? Nun, so that's der Grimm,

Den mir dein Wort in tiefster Seele weckt.
Ein Weib so schön und hoch, so ganz geschaffen,
Die Mutter eines Heldenstamms zu sein,
Und hält sich für der Liebe Recht zu gut!
Beim Wodan! Schick' sie heim in ihren Norden,
Ins Eis mit ihr, die nicht zu Menschen taugt!
Du bist's dir selbst, bist's deiner Würde schuldig.
Noch heute fort mit ihr!

Gunther.

     Was forderst du?
Unmöglich, Siegfried. Hätt' ich nie den Ruf
Von ihrer Herrlichkeit vernommen; nie
Geschaut mit Augen, daß er Wahrheit sprach:
Mir wär' es besser, freilich. Aber jetzt,
Nachdem ich kaum sie mein geheißen, jetzt
Mich selbst zum Witwer machen? Nimmermehr!
Denn nenn' es Zauber, nenn' es blinden Wahnsinn,
Noch immer lieb' ich dieses Weib, und lieb' es
Nur ungestümer heut, als je zuvor.
Umsonst beschwör' ich meinen ganzen Groll
Empor, mein eigen Blut ist wider mich
Mit ihr im Bund: durch diese Adern pocht
Ein Feuerstrom, und wilde Sehnsucht weitet

Unwiderstehlich mir den Busen aus.

O niemals schien sie mir so schön, niemals

Ihr herrlich Haupt, aus wilden Locken dräuend,

So kronenwürdig, wie in dieser Nacht!

Siegfried.

Du schwärmst, statt zu beschließen. Fasse dich!

Gunther.

(Nach einer Pause.)

Siegfried —

Siegfried.

Was sinnst du?

Gunther.

Jener Stunde denk' ich,

Da du Chriemhildens Hand von mir erwarbst.

Da schwurst du mir ein feierlich Gelübd.

Siegfried.

Ich weiß, doch längst erfüllt' ich's.

Gunther.

Freilich, wenn

Du nur die Worte wägst.

Siegfried.

Was soll das, Gunther?

Mir deucht doch, was ich schwur, war sonnenklar,
Und nichts zu biegen dran, und nichts zu deuten.
Auf deiner Brautfahrt Helfer dir zu sein,
Das sagt' ich zu, und haft du mein entbehrt?
Beim Thor, war ich's nicht, der an deiner Statt,
In deinem Adlerhelm die Augen täuschend,
Den Zweikampf ausfocht? Hat nicht dieser Arm
Den Speer geschossen und den Stein geschleudert,
Und — wie's bestimmt war — dir die Braut erkämpft?

Gunther.

Die Braut, Unsel'ger! Bin ich drum am Ziel?
Was frommt der Name mir, dafern er nichts
Als Schall ist? Kann ich ruhn an seiner Brust?
Kann ich ihm kosen? Breitet er vom Lager
Die weißen Arme schimmernd mir entgegen?
Nein, Schmach und Spott! Er singt mit Eulenruf
Mir stündlich in das Ohr nur, was mir fehlt —
Du aber gleichst dem Lotsen, der mein Schiff
Durch Riff und Brandung führte, um es dann
Im Hafen selbst noch untergehn zu lassen.

Siegfried.

Du schiltst mich ungerecht. Ist's meine Schuld,
Wenn sie, die du doch selbst aus Tausenden

Erkorst, sich dir in grimmem Trotz verstockt?
Die Götter zeugen's mir: das Schwerste selbst
Vollbrächt' ich freudig, dich beglückt zu sehn!
Doch keinen Weg der Hilfe find' ich aus.

Gunther.

Und wenn ich dir ihn zeigte?

Siegfried.

Nun, beim Thor!
Und führt' er dicht an Helas Schlund vorüber:
Du kennst mich doch; wozu der Umschweif dann? —
Was wälzest du im Geiste, sprich, was ist's?

Gunther.

Siegfried — die Mitternacht ist augenlos —
Wir tauschten einmal schon —

Siegfried.

Versteh' ich dich?
Bedenke, was du sprichst!

Gunther.

Ich hab's bedacht.
Sie trotzt, bis ihr Gewalt den Nacken beugte;
Du bist der einz'ge, der's vermag, so thu's.

Siegfried.

Nun, bei den Untern, wenn du selbst davor
Nicht scheust: du hast mein Wort, ich bin bereit.
Ja, nimmer hat nach einem Kampf mich so
Gelüstet, wie nach diesem; gilt es doch,
Der Männer ganz Geschlecht an ihr zu sühnen.
Ich will sie Sitte lehren, zähl' auf mich!

Gunther.

Wohlan! doch eins noch will beschworen sein —

Siegfried.
(ihm in die Rede fallend.)

So mögen mein die Götter gnädig walten,
Wie du mir trauen darfst! Nimm meinen Eid:
Für mich der Kampf, für dich des Kampfes Frucht!
Wen Chriemhild minnt, den reizt kein ander Weib,
Und ob's auch Freyas Zaubergürtel trüge.

Gunther.

Hab' Dank! Nun ist der Stein von meiner Brust.

Siegfried.
Und wann?

Gunther.

Noch heut. Sobald der frühe Mond

Hinabging, lösch' ich sacht im Brautgemach
Die Fackel aus. Dann harre mein am Vorhang
Der Greifenpforte. Dorthin tast' ich mich,
Und führe dich im Dunkel ein.

Siegfried.

Es sei!
Und schilt mich Bastard, wenn sich diese Löwin,
Die übermüt'ge, nicht vor Tage noch
Zahm wie ein Lamm zu deinen Füßen schmiegt.

Zweiter Aufzug.

Brunhildens Gemach.

Erster Auftritt.

Brunhild links auf einem Ruhebette, in Gedanken versunken, unbeweglich vor sich hinstarrend; neben ihr steht **Sigrun** in langem Schleier und priesterlichem Gewande; rechts etwas weiter gegen den Hintergrund die **Jungfrauen** des Gefolges.

Eine der Jungfrauen.

Die Goldkleinode, die der König dir,

Des Hauses alten Schatz, in erzner Truhe

Gesandt, wir haben sie im Vorgemach,

Die Schleierhüllen lüftend, aufgestellt.

Gefällt's bir, Königin, sie zu beschaun?

(Nach einer Pause, da Brunhild schweigt.)

Es scheint, der bunte Reichtum lockt dich nicht. —

So sollen wir vielleicht im Lindenhag,

Am Strome, wo dir's gestern wohlgefiel,

Aus Teppichen dein Lustgezelt bereiten?

(Wieder nach einer Pause.)

Du hörst uns nicht?

Sigrun.

Ihr seht, die Fürstin ist
Versunken in Gedanken, krank wohl gar.
So stört sie nicht mit müß'gen Fragen. Geht,
Und harrt im Vorsaal, bis ich euch berufe.

(Die Jungfrauen entfernen sich leise.)

Sigrun.

(dicht an Brunhilden herantretend und ihr die Hand auf die Schulter legend).

Brunhild!

Brunhild (aufschredend).

Was willst du mir?

Sigrun.

Wach' auf, Brunhild!
Wo warest du?

Brunhild.

Kennst du den Abgrund, Sigrun,
Der hinter allem Denken liegt? Wenn wir
Vergebens über dunkle Rätsel sinnend
Am Ende schwindeln, thut er stumm sich auf,
Und stillt mit Schlafesdumpfheit unsre Qual.
Sich selbst verloren schwebte dort mein Geist,
In des Vergessens weiße Nacht begraben.
Was weckst du mich?

Sigrun.

Ich kenne dich nicht mehr.
Welch plötzlich Weh hat dich so ganz vertauscht,
Daß du dir selber zu entfliehen trachtest?
Als gestern abend ich ins Schlafgemach
Dir leuchtete, was da auf deiner Stirne
Geschrieben stand, das war kein Herzeleid.

Brunhild.

Zwölf Stunden hat die Nacht, und eine g'nügt,
Ein Menschenlos auf immerdar zu wandeln:
Ein Augenblick nur scheidet Heil und Fluch.
O welch ein Strom wälzt ewig brückenlos
Sich zwischen Heut und Gestern! Gestern war
Ich noch mein eigen. Stolz und unantastbar
In meines Wesens Blüte fühlt' ich mich,
Dem Einhorn gleich, das kühn den Jäger höhnt.
Und heut -- o mir versagt das Wort dafür —
Heut bin ich nur ein Weib, ein Weib, wie alle,
Nur tausendmal unseliger! — Doch das
Verstehst du nicht; der Reif, den dir die Jahre
Aufs Haupt gestreut, lag stets in deiner Brust,
Und deine Weisheit ist wie fühllos Erz.
Du kannst es nie ermessen, was es heißt:

Den einen lieben, und dem andern doch,
Von dem dein Herz nichts weiß, mit Leib und Seele,
Dem Aufgedrungnen unterworfen sein!

Sigrun.

Nicht bin ich fühllos; Trauer faßt mich an,
Wie du dein furchtbar Weh vor mir enthüllst.
Nur blind zu klagen weiß ich nicht; mir sind
Vertraut die Pfade, drauf die Norne wandelt,
Und wo das Leid in Blüte steht, da zeigt
Der Geist mir auch die Schuld, aus der es wuchs.

Brunhild.

Dein altes Lied —

Sigrun.

      Ja, uralt, wie die Welt,
Und täglich neu doch, wie du selbst erfährst.

Brunhild (steht auf).

Sprich denn, was that ich, daß mir dies geschah?

Sigrun.

Gedenk' an deine wilde Jugendzeit,
An jene Tage, da zum Isenstein
Die Söhne jeder Küste werbend strömten!
Da sätest du des Unheils nur zu viel.

Brunhild.

Willst du mich schelten, daß von jenen keiner
Mir wert schien, mein Gemahl zu sein? — Das ist
Das Maß des Weibes, welchen Mann sie liebt.

Sigrun.

Daß du nicht liebtest, wer verargt' es dir?
Denn wie ein zugedeckter Brunnen schläft
In uns die Minne; keiner hebt den Stein
Vom Rande, wenn ihn nicht ein Gott bewegt.
Was du nicht geben konntest, mochtest du
Gelassen weigern. Doch das thatst du nicht.
Nein, grausam schürtest du in wilder Hoffart
Hohnlachend noch die Glut, die du entfacht,
Und der Betrognen Jammer war dein Spiel.

Brunhild.

Wie Minne lodert, wußt' ich freilich nicht.

Sigrun.

Die Götter aber wußten's wohl, und wogen
Auf eh'rner Wage deiner Opfer Qual;
Und Sühnung fordernd flammt' aus düstern Sternen
Ihr zorn'ger Ratschluß über dich herab:
„Von Mannes Minne kommt dir nimmer Heil!"

O hätteſt du das furchtbar ernſte Wort
In deines Buſens tiefſten Grund geſchloſſen,
Und in freiwill'ger Buße ſtark und ſtreng
Dich ſelbſt behütet! Doch dir galt die Warnung
Wie Windesbrauſen nur in hoher Luft,
Denn unbezwinglich wähnteſt du dein Herz.
Als hätte keine Drohung Macht an dir,
So floß in ſtolzer Sicherheit dein Leben.
Doch da geſchah's, da warf die Meereswoge
Den fremden Wildling aus an deiner Schwelle,
Den Drachentöter mit dem goldnen Haar;
Und du —

Brunhild.

Halt inne! Denn ein Frevel ſchwebt
Auf deinen Lippen, Unbarmherzige!
Nicht richten kannſt du, was du nicht begreifſt.
Wenn über ihn der Blitz herniederzündet,
Schiltſt du den Scheiterhaufen, daß er brennt?
So aber kam's auf mich mit Allgewalt,
Als Siegfried nahte — All mein Weſen ſchlug
In Flammen jauchzend auf: was ging mich da
Die ewig dunkle Rätſelſchrift der Sterne,
Was dein verworrner Prieſtermund noch an?

Und hätte Hela selbst, der Nacht entsteigend,
All' ihre Schrecken zwischen uns getürmt:
Ich hätt' ihn doch geliebt!

Sigrun.

                    Ich weiß. Wer einmal
Der Götter lachte, den verstocken sie,
Und jede Warnung ist an ihm verloren.
Mit sehenden Augen häuptlings stürztest du
Dich selber in die Tiefe. Trag' es nun,
Wenn sich der Götter Spruch an dir erfüllt!

Brunhild.

Ja, wie die Götter stets ihr Wort erfüllen.
Was düster ist und unheilvoll, trifft ein;
Wenn sie dir Weh' geweissagt — o gewiß,
Da sind sie treu bis auf den Gran, es wird
Kein Tropfen dir im bittern Kelch geschenkt,
Du mußt ihn leeren bis zur letzten Hefe.
Doch was sie sonst verheißen, was sie dir
Wie ferne winkend Glück aus Goldgewölf
Verlockend zeigten, o das, glaube mir,
Das haftet nimmer, das sind Gaukelbilder
In leere Luft gehaucht, der Wind verweht sie,

Die Nacht begräbt sie spurlos. Wehe dem,
Der sie für Wahrheit achtet!

Sigrun.

Wehe dir,

Daß du so lästerst!

Brunhild.

Lästerst? Weib, du weißt doch,

Was mir geschehn. — Hier steh' ich, und vor dir
Und vor der Sonne zeig' ich meine Wunden,
Und jede zeugt mir, daß ich Wahrheit sprach!
Was hat mich denn geführt in all dies Leid,
Als täuschende Verheißung, blinde Sprüche,
Die mir dein Mund getönt? Was trieb mich denn,
Mir selbst das eherne Gesetz zu schreiben,
Gehören wollt' ich dem, der mich besiegt?
Wie, oder hast du jener Nacht vergessen
Nach Siegfrieds Abschied, als schlaflose Sehnsucht
Wie eine ries'ge Schlange mich umwand,
Und mich mein liebend abergläubisch Herz
Nach Zukunft bei den Sternen forschen hieß,
Nach einem Schimmer nur von unsern Losen?
Was war die Antwort, rede, die du selbst
Mit feierlicher Lippe mir verkündet?

Nur einer lebt — so klang's — der dich bezwingt,
Und das ist Siegfried, Siegelindens Sohn.
Nur Siegfried, hieß es; leugn' es, wenn du kannst —
Und heute bin ich König Gunthers Weib!

Sigrun.

Du sagst es, und ein Rätsel waltet hier,
Das ich zu raten nimmer mich vermesse.
Das aber weiß ich: lösen wird sich's einst.

Brunhild.

Kann sich auch lösen, was vollendet ist?
Ich weiß es wohl, gewaltig sind die Götter,
Und hoch und strafros thronend können sie
Nach Willkür schalten mit dem Werbenden.
Sie können spielend ihre Blitze schleudern
Ins Haus der Sterblichen, und dann den Schrei
Der grimmen Not im Donnerhall begraben;
Sie können grausam strafen, was sie selbst
Gewirkt, und lachen bei den goldnen Hörnern,
Wenn wir in Qualen untergehn. Doch eins,
Eins ist, was Trotz beut ihrer Allgewalt:
An das Vergangne können sie nicht rühren,
Und ungeschehn nicht machen, was geschah.

Geweissagt ward: „Nur Siegfried mag dich zwingen,“
Und Gunther zwang mich, Gunther — o das bleibt
Ein Widerspruch, d'ran sie zu Schanden werden!
Und bis er nicht gelöst, will ich, Brunhild,
Das sterbliche, das wehbeladne Weib,
Die Stirn aufwerfen wider solchen Trug
Und in die Wolken schrein: Ihr habt gelogen!

Sigrun.

Du weißt nicht, was du redest — Schweig, Unsel'ge!
Die Dinge lügen, doch die Götter nicht.
Wer gibt dir denn Gewähr und Bürgschaft dessen,
Was du vollendet heißest? Aug' und Ohr.
Sind Aug' und Ohr wahrhaft'ger, als die Götter?
Kannst du damit ins Herz des Lebens bringen,
Der Dinge Wurzeln und Verkettung schaun?
Herüber und hinüber, ewig wechselnd
Tauscht die Gestalt. Wir leben all' im Schein,
Und wie von außen unser Sinn nur tastet,
So trügt uns Kleid und Schale tausendfach.
Die Götter einzig schaun das Wesen an,
Und wem's die Götter wollen offenbaren.

Brunhild.

Willst du mich höhnen, Weib? Das Gräßliche,

Davon mein Herz noch schaudert, soll ich glauben,
Das könn' ein Trug gewesen sein, ein Nichts? —
Am Ende sagst du noch, ich hab' geträumt.

Sigrun.

Viel eh'r, als daß die Götter dich betrogen.

Brunhild.

Ha, blinder Starrsinn, der die Sonne lieber
Schwarz heißt, als seinen Wahnwitz eingesteht!
Ich ahnt' es längst, doch heut erkenn' ich's klar:
Der Priester Kunst heißt Lügen nur und Trotzen,
Und keiner hat sie so geübt, wie du.

Sigrun.

Dein Schmerz verwirrt dich. So verzeih' ich dir.

Brunhild.

Verzeihn? du mir? du Sklavin deiner Herrin,
Wenn sie um deinen Uebermut dich schilt!
Schamlose, fort aus meinem Angesicht!
Hinweg, und dank' es deinem greisen Haar,
Daß ich den Schmuck des Priestermantels nicht
Von deinen Schultern reißen und sie dir
Mit Geißelstriemen blutig färben lasse!

Kein Wort! — Hinweg! Sonst thu' ich was mich reut,
Und deine Götter sollen dich nicht retten!

(Sigrun ist still hinweggeschritten.)

Zweiter Auftritt.

Brunhild allein.

(Sie blickt der Fortschreitenden eine Zeitlang in stummem Zorne nach; dann
fährt sie plötzlich wie erschreckend zusammen.)

Brunhilde! — Ha, wer rief mich? — Niemand hier!
Und doch durchfuhr's mich wie ein Blitz: „Besinne
Dich auf dich selber!" —
       O was ward aus mir,
Daß ich hier wüte, wie die wilde Bärin,
Die knirschend in des Käfichts Stangen beißt?
Schmach über mich! — Sigrun! — Sie hört nicht mehr.
Wozu auch sie? — Hier frommt kein Rat von außen,
Hier frommt nur eins, in meines Wesens Grund
Hinabzugreifen, und mich selbst zu fassen,
Wie der Versinkende den Felsen faßt.

(Kurze Pause.)

Mein Pfad ward Finsternis. Zu sterben wäre

Das Leichteste. Dort unten wälzt der Rhein
Die hohen Wasser. Wenn ich meinen Hengst
In diese Wirbel spornte, Wog' auf Woge
Mich überstürzend deckte — wär' es aus. —
Doch eine Flucht wär's nach verlorner Schlacht;
Und Brunhild flieht nicht, selbst vor Göttern nicht.
Wenn's etwas gibt, gewalt'ger als das Schicksal,
So ist's der Mut, der's unerschüttert trägt.

(Pause.)

Ich will's versuchen. Was vergangen liegt
Sei abgethan! — Mit hohem Haupte will ich
Durchs Oede gehn, die Hand aufs Herz gepreßt,
Daß keine Blutspur sage, was ich leide —
Vielleicht ist's gut selbst, daß ich mich in ihm
So ganz, so unerhört getäuscht. Denn nur
Wer nichts mehr hofft, nichts — mag gelassen sein.
Ich will's versuchen.

Dritter Auftritt.

Brunhild. Gunther.

Gunther.

Sei gegrüßt, Brunhild!
Warum so einsam hier? Ich glaubte dich
Im Kreise deiner Fraun zu überraschen,
Die Schätze musternd, welche, meines Stamms
Uraltes Erbteil, nun dein eigen sind.
Aus den gewölbten Kammern sandt' ich sie
Dich zu erfreuen her. Nun seh' ich wohl,
Sie haben dich zu reizen nicht vermocht.

Brunhild.

Mir steht der Sinn auf Prunk und Zierat nicht.

Gunther.

Noch immer diese Wolken? Gestern wohl
Begriff ich dein rückhaltend Fremdgebaren;
Doch heute dacht' ich huldreich dich zu sehn.
Wozu der Mißmut, Brunhild? Ist das Los
Denn gar so unhold, Gunthers Weib zu sein?

Brunhild.

Ich bin zu stolz zum Heucheln, und vor dir

Am letzten, Gunther, möcht' ich unwahr sein.
Nimm mein Bekenntnis denn: ich bin nicht froh.
Wenn du ein feindlich Land in scharfem Krieg
Mit Feuer und mit Schwert dir unterworfen,
Verlangst du, daß es dir beim Einzug schon
Mit Jubelschall entgegenjauchzen soll?
Nein, thät' es so, mißachten würdest du's.
So aber steht's mit uns. Die sanfte Göttin,
Die still die Herzen zu einander lenkt,
Weiß nichts von unserm Bund — du hast im Kampf,
Im schweren Kampf mir selbst mich abgewonnen,
Und eine Siegesbeute ward ich dein.
So duld' es denn, wenn nur gemach dies Herz
Sich des Verlorenen entwöhnt; die Heimat
Verschmerzt sich schwer, und schwerer noch die Freiheit.
Doch nimm mein Wort: Ich bin mit Ernst gewillt,
Mich in das Neue, in mein Los zu finden.

Gunther.

Dein Spruch ist herbe, doch nicht hoffnungsleer.
So dank' ich dir dafür, und will dein Herz
Mit ungeduld'gem Wunsche nicht bedrängen.
Doch hoff' ich, soll mir diese Prüfungszeit

Zu lang nicht währen. Nimmt des Menschen Sinn
Doch Farb' und Art vom Himmel, der ihm leuchtet,
Vom Boden, der ihn nährt, empfänglich an.
Und leichter weht fürwahr am Rebenhügel,
Das Blut beflügelnd, hier die Luft, als dort
In deinem Norden, wo das öde Meer
Mit ew'ger Schwermut an die Klippen rauscht.
Der Rhein hat seinen Zauber, gieb dich nur
Dahin, und Frohsinn lehrt er dich und Minne.

Brunhild.

Du zählst zu viel auf das, was braußen liegt;
Doch fühl' ich deine Güte wohl.

(Nach kurzem Besinnen.)

Du möchtest
Mich ruhig sehn?

Gunther.

Um alles.

Brunhild.

Nun, so laß
Mich eins erbitten, was zu meinem Frieden
Mehr frommen mag, als sonst ein Ding der Welt.

Gunther.

Was könnt' ich dir verweigern? Sprich!

Brunhild.

Wohlan!
Schick' Siegfried, deinen Schwäher, fort von hier.

Gunther.

Was sagst du, Brunhild? Siegfried? Weißt du auch
Was du begehrst? Daß ich die hohe Flut
Siegreicher Größe, die uns froh dahinträgt,
Im vollsten Strome selbst verdämmen soll.
Denn Siegfried ist die Seele meiner Macht.
Und mehr, er ist mein Freund; ich bin um Größ'res
An ihn gebunden, als du ahnen magst;
Wie sollt' ich nun von meinem Hort mich scheiden!
Bitt' etwas andres, Brunhild —

Brunhild.

Schick' ihn fort!
Das ist die einz'ge Huld, damit du mich
Erfreuen magst. Wie wög' er denn so schwer
Der eine Mann! Ihr habt doch auch gesiegt,
Bevor er kam. Und bist du ihm verpflichtet,

So löse fürstlich dich, so überschütt' ihn
Mit Gold, mit Lohn, mit Ehren tausendfach.
Nur schick' ihn fort; um meinetwillen thu's!

Gunther.

Es kann nicht sein; auch nicht um deinetwillen.
Ein sinnlos dunkler Trieb nur spricht aus dir.
Schon damals spürt' ich's auf dem Isenstein,
Daß er verhaßt dir war — Gleich beim Willkommen,
Als du zu allen hold warst, thatst du scheu
Nur gegen ihn —

Brunhild.

O woran mahnst du mich!

Gunther.

Und als er später, mit gebognem Knie
Dir huldigend, als meine Braut dich grüßte,
Sprachst du kein Wort und wandtest ihm den Rücken.
Und auf der Heimfahrt dann —

Brunhild.

Genug! Genug!
Ich kann sein lachend Angesicht nicht sehn.
Der übermüt'ge Trotz auf seinen Brauen
Empört mein Blut, und böse Ahnung steigt

Mir ins Gehirn — Nochmals, entsend' ihn, Gunther
Es thut nicht gut, daß wir beisammen sind.

Gunther.

Es thut nicht gut, daß grimme Laune sich
Gespenster schafft, grundloser Widerwille,
Weil wir ihn thöricht nähren in der Brust,
Zum Haß aufwächst, der die Geschlechter trennt.
Dein Herz nicht kann ich zwingen, daß es sich
Zu Siegfried neige; doch daß du in ihm,
Die Königin, des Landes besten Helden,
Daß du in seinem Weib die Schwester ehrst,
Das darf ich fordern. Und so fordr' ich denn
Was ich zu bitten kam. Schon flüstert sich
Das Ingesind gehäss'ge Rede zu,
Daß du Chriemhildens herzlichen Empfang
Mit keinem Schritt vertrauter Huld erwidert,
Mit keinem noch so armen Wort des Danks.
Die Kälte deutet man, mit der du sie
Beharrlich meidest, als Mißachtung aus;
Und, wenn sie selbst in ihrer Kindesgüte
Bis heut' nicht klagte, meinst du, daß sie drum
Der Kränkung Stachel nicht im Innern fühlt?
Das darf nicht sein. Des Hauses heilig Recht,

Des Bruders Pflicht verriet' ich, wollt' ich's dulden.
Und so verlang' ich, daß du dich bezwingst,
Und gut zu machen gehst, was du versäumt.

Brunhild.

Zu Siegfrieds Weibe schickst du mich? Du weißt
Nicht, was du thust. Muß er denn bleiben, sei's;
Auch darein füg' ich mich, da dir's gefällt.
Nur laß uns ewiglich geschieden wohnen,
Nur seine Nähe spar' mir, heiß' mich nicht
Chriemhilden suchen, nicht mich Zeugin sein,
Wie er — du sagst ja selbst, daß ich ihn hasse —
Dem Glück im Schoße sitzt — O mein Gemahl
Erlaß mir diesen Gang! —

Gunther.

Wie? Muß ich dich,
Die Hochgewalt'ge, mahnen, stark zu sein?
Ein großer Sinn übt strenger nur die Pflicht
Wo Liebe fehlt. Du wirst dich überwinden;
Ja, heut noch wirst du, was geschehn muß, thun.
Wir feiern morgen Sonnenwendenfest.
Da heischt der Gott, daß ihm die Fürstinnen
Aus unserm Stamm das Opfer selbst bereiten,

Und reinen Sinns ein heilig Jahr erflehn.
Ich will nicht, daß ihr vor ihn treten sollt,
Die unversöhnte Kränkung in der Brust,
Denn keinen Segen brächt' es uns. So geh denn,
Und biet' ihr Gruß und Frieden. Geh sogleich!

Brunhild.

Gunther! —

Gunther.

Genug, beim Thor! Ich muß ja glauben,
Du hassest Siegfried nicht, du fürchtest ihn.

Brunhild.

Ich fürchte niemand; selbst das Schicksal nicht,
Mit dem du blindlings spielst. Du hast mein warnend
Herz
Nicht hören wollen. Wohl, so thu' ich denn
Nach deinem Wunsch. Und magst einst du so furchtlos
Dem Sturm entgegengehn, von dem mir schwant!

(Sie geht rasch ab.)

Gunther (allein).

Sie geht. Unwillig freilich; doch sie geht. —
So bin ich wieder Herr. Dank euch, ihr Götter!
Und wendet mir zum Heil was ich begann!

Verwandlung.

Burggarten zu Worms. Hohe Bäume. Im Hintergrunde
ein gemauertes Geländer, darüber hinaus Ausblick in das
Rheinthal. Zur Rechten, stark in die Scene hervorspringend,
eine Bogenpforte, mit Epheu umwachsen, links im Mittel-
grunde ein Rasensitz.

Vierter Auftritt.

Chriemhild steht im Hintergrunde, auf das Geländer gelehnt, und scheint
in die Gegend hinauszublicken. Als Giselher vorn zur Linken auftritt,
wendet sie sich diesem entgegen.

Chriemhild.

Du kommst. So ist das Waffenspiel geendet,
Zu dem frühmorgens die Trompete rief.
Wer trug den Preis davon?

Vielstimmiger Ruf hinter der Scene.

Heil Siegfried, Heil!

Giselher.

Der Ruf des Volks verkündet's dir: dein Siegfried.
Er zwang sie alle nieder in den Sand,
Zuletzt auch Hagen, den ich kaum im Leben
So furchtbar sah, so wuterfüllt wie heut.

Das war ein Schauspiel, wie die beiden rangen!
Der eine grimmig keuchend, blutigrot
Das Aug' umlaufen, doch der andre selbst
Im höchsten Kampfsturm heiter noch und schön.
Da ward mir's klar erst, was jüngst Siegfried meinte,
Als er im Scherz mit Hagen sich verglich,
Ihm hilft der Erdgeist, sprach er, mir die Sonne. —
Doch warum kamst du nicht, und schautest selbst?

Chriemhild.

Mich trieb mein Herz in diese grünen Schatten.
Gewiß, vor wenig Wochen hätt' ich noch
Das bunte Spiel um keinen Preis versäumt.
Doch heute dürstet' ich nach Einsamkeit.
Gesellig macht die Freude, sagt man sonst;
Ich lern' es anders nun. Ein hohes Glück,
Das plötzlich in die Brust uns niedersinkt,
Bedarf der Sammlung. Gleich der edlen Traube
Will's, still sich sonnend, reifgetragen sein.
So ging ich denn, und sann den holden Mächten,
Die mein Geschick bewegen, selig nach.

Giselher.

Sie haben Wunderkraft an dir bewiesen,

Denn wie verwandelt stehst du vor mir da.
Dein Wesen leuchtet, höher scheinst du mir
In wenig kurzen Tagen aufgewachsen,
Und deine Stimme tönt wie lautend Erz.
Ja, wärst du Chriemhild nicht, die liebe Schwester,
Ich könnte das Gefühl, das du mir weckst,
Fast Ehrfurcht heißen —

Chriemhild.

Geh, wie sprichst du nur!

Und doch! Mit ahnungsvollem Mund benennst du
Ein dunkles, nie gekanntes Etwas, das
Mich oft durchschauert, seit ich Siegfrieds Weib.
Mit frommer Scheu bestaun' ich dann mich selbst,
Und wie durch ein verklärend Feuer scheint
Mir dieser Leib durch seinen Kuß geweiht,
Daß nichts Gemeines ihn hinfort berühre.
Nun salb' ich auch mit edler Narde gern
Mein langes Haar, und selbst den Purpur leg' ich,
Der Perlen licht Geschmeide willig an,
Denn alles Höchste fühl' ich mir verwandt.

Giselher.

Du spürst die Krone schon um deine Scheitel,
Die du in Niederland einst tragen wirst.

Chriemhild.

Es ist nicht das. Fürwahr, was brächte mir
Der güldne Reif, das ich nicht längst besessen?
Nein, Siegfrieds Lieb' allein ist, was mich hebt.
Und sollt' er nimmer eines Thrones walten,
Ich trüge drum nicht minder hohen Mut.
Denn wer vergleicht sich ihm! Schon knüpft das Lied
Im Volk hinwandelnd seinen jungen Namen
An die gewalt'gen Abgeschiednen an;
Es nennt ihn gottentstammt die Ferne schon,
Die ungeirrt von Neigung, Haß und Vorteil,
Das Große nur im eignen Lichte sieht.
Und dieser Held ist mein!

Ruf hinter der Scene.

Heil Siegfried, Heil!

Chriemhild.

Horch, wie sie jauchzen! Meine Seele schwebt
Beflügelt, stolz empor auf diesen Tönen
Und jubelt mit. O Bruder Giselher,
So war noch nie ein sterblich Weib beglückt,
Wie deine Schwester. All mein Leben ward
In ihm erfüllt, und fast zu bitten hab' ich,

Zu wünschen fast verlernt. Denn außer ihm
Was hegt die Welt noch, das der Sehnsucht wert!

Giselher.

Du glühst so schön in deinem Glück. Und doch!
Fast könnte mir vor solcher Liebe bangen.
Denn oft vernahm ich: Wenn ein Menschenherz
Sein alles setzt an ein vergänglich Gut,
So grollen drob die Götter, und zerbrechen
Zum Zeugnis ihrer Macht sein Kleinod ihm.

Chriemhild.

Entsetzlich! Schweig! — Wie kommt dein roter Mund
Zu solcher Weisheit, die wie Grabesodem
Mein armes Herz zusammenschaudern macht!
Wer das ersann, der wußte nie von Liebe.
Denn wär' es so: — nein, nein, ich denk's nicht aus,
Da gähnt ein Abgrund, bodenlos; laß uns
Geschloßnen Auges dran vorübergehn! —
Ich will ja fromm sein, daß die Ew'gen mir
Mein Glück nicht neiden, weil's an ihres reicht.
Und wachsam will ich werden. Wenn von fern
Auch nur ein Wölkchen aufsteigt, das für Siegfried
Zur blitzesschwangern Wolke wachsen könnte,

So will ich warnen, will den Willen ihm,
Den stürmischen, mit sanfter Vorsicht dämpfen,
Und vor sich selbst ihn hüten — O, ich weiß,
Das ist kein leichtes Werk, das ich beginne,
Doch wozu gäbe nicht die Liebe Kraft!

Giselher.

Du bist erregt. Vergib das rasche Wort,
Das ahnungslos mir von der Lippe sprang.

Chriemhild.

Ich dank' es dir. Wer weiß, ob's nicht ein Gott
Dir in den Mund gelegt! Gewiß, ich bin
So heiter, wie zuvor; du hast mich nur
Aus allzu müß'gem Träumen aufgeweckt;
Ja, von der Sorg', als könne meine Liebe
Zu nichts ihm taugen, hast du mich befreit.
Ich weiß jetzt, was ich kann und was ich soll,
Und will des hohen Amts mit Freuden walten.

Fünfter Auftritt.

Siegfried

(tritt auf, gerüstet, einen Speer in der Hand).

Hab' guten Tag, mein Herz! Da bin ich wieder.
Nun bleib' ich bei dir.

Chriemhild.

Ruh' hier aus, Geliebter,
Im Lindenschatten. Komm, ich löse dir
Den schweren Helm. — Du wirst ermüdet sein.
Und nun zum Gruße laß die Stirn bir küssen,
Drauf noch der Widerschein des Sieges glänzt!

Siegfried.

Ei, weißt du schon?

Chriemhild.

Hier, Bruder Giselher
Gab mir Bericht, wie du den Preis gewannst.

Siegfried.

Nun, biesmal ward mir's schwer genug gemacht.
Der Hagen ist ein sturmgewalt'ger Fechter;
Das Schwert gehorcht ihm, wie ein Glied des Leibs.

Und wie er ficht, so ringt er; seine Sehnen
Sind biegsam Erz. — Fast thut mir's leid um ihn;
Er ging ergrimmt und ohne Gruß davon.

Giselher.

Man sah's ihm an, er hatt' auf Sieg gehofft.
Den schönen Speer auch mit dem Goldreif hier,
Den Lohn des Kampfes, hätt' er gern gewonnen;
Denn vor dem Spiel beifällig prüft' er lang
Den Stahl, und wog den Schaft in seiner Hand.

Siegfried.

Fürwahr? das freut mich; mag ich ihm doch nun
In etwas mindestens den Unmut dämpfen.
Geh, Schwager, nimm den Speer und bring' ihn Hagen
Und sag, ich bät', er möcht' ihn nicht verschmähn;
Die starke Waffe zieme ganz dem Arm,
Der mir's so schwer gemacht, sie zu gewinnen.

Giselher.

Du wolltest? —

Siegfried.

Geh, und richt' es freundlich aus.
Ich kann's nicht ansehn, wenn ein wackrer Held,
Bin ich gleich schuldlos, meinethalb sich kränkt.

(Giselher geht ab.)

————

Sechster Auftritt.

Siegfried. Chriemhild.

Chriemhild.

Wie gut du bist!

Siegfried.

O sprich mir nicht von Güte,
Wenn ich nur thu', was ich nicht lassen kann.
Das liegt im Blut, und mehr noch in der Freude.
Ja, wär' ich alt und klug, und hätt' ich dich nicht,
Du liebes Glück, doch so — was kann die Sonne
Denn anders thun, als scheinen?

Chriemhild.

Nur bedünkt mich,
Sie segnet drum nicht minder, weil sie muß.
So gönn' es mir, mich deiner Art zu freuen,
Und daß du froh bist, wie das Sonnenlicht.

Siegfried.

Thu's immerhin! Ist's doch dein eigen Werk.
Zwar, Sorgen kannt' ich nie; doch dies Gefühl
Friedsel'gen Vollgenügens, das die Seele
Mir glänzend ausfüllt, dank' ich dir allein.

Denn wie wir all vom Weibe sind, so zieht es
Zum Weib uns stets zurück mit Allgewalt,
Und nur in ihren Armen finden wir
Die erste frühverlorne Heimat wieder.

Chriemhild.

Mein Liebling!

Siegfried.

Sieh! Nun schaut die Welt mich erst
Vertraulich wie ein Kind des Hauses an,
Und dankbar lern' ich, langsam, Zug um Zug
Des Daseins Fülle schlürfen. Auch die Stunde,
Die nicht dem Heldenwerk gehört, durchströmt
Ein stiller Reichtum aus des Lebens Tiefen.
Die blinde Nacht selbst, die den Mantel sonst
Gleichgültig über das Bedürfnis warf,
Deckt sie nicht jetzt ein hold Geheimnis uns
Mit ihren Sternen zu? Traun, sollt' ich klagen:
Ich klagte nur, daß sie so rasch entflieht.

Chriemhild.

Und dennoch, Liebster, hast du vor der Zeit
Vom warmen Lager heut dich fortgestohlen.

Siegfried.

Du weißt? —

Chriemhild.

Vom Wetterleuchten wacht' ich auf,
Und fand dich nicht, und sann, und sorgte fast,
Da du nicht kamst. Doch mächtig zog am Ende
In seine Wellen mich der Schlaf zurück.
Doch nun sag' an, was trieb dich fort von mir?

Siegfried.

Je nun, was wird's gewesen sein, mein Herz!
Die Alfen hört' ich blasen durch die Nacht.

Chriemhild.

Du fabelst, Liebster.

Siegfried.

Merkst du's, süße Klugheit?

Chriemhild.

Doch nun im Ernste sprich, wo warest du?

Siegfried.

Nun wohl, ich fuhr zur Jagd in Königs Forst
Und warf ein schneeweiß Edelwild darnieder.

Chriemhild.

Geh, du bist arg! Dich freut's, mich auszuspotten;
Und war in Sorgen doch um dich. Und muß ich's,

Da du mir ausweichst, jetzt nicht doppelt sein?
Gib mir denn Antwort, Liebster. Was ging vor?

Siegfried.

Laß gut sein, Kind.

Chriemhild.

Fürwahr, du thust nicht recht,
So streng die kleine Bitte mir zu weigern,
Die aus Besorgnis, nicht aus Neugier floß.
Sprich selbst, wie läßt sich's deuten, wenn der Mann
Auf lange Stunden spät nach Mitternacht
Sich wie ein Dieb von seines Weibes Seite
Hinwegstiehlt und den Grund nicht nennen will?
Ich muß ja denken, daß ein Unheil sich,
Ein bös Geheimnis, das den Tag nicht schaun darf,
In dieser Stummheit birgt —

Siegfried.

Ei, Chriemhild, seh' ich
Denn aus, wie einer, der ein Leid verhehlt?

Chriemhild.

Dein Schweigen, nicht dein Antlitz ängstigt mich.
Und ist's kein Leid, warum verhehlst du's mir?

Und läßt dies Herz in bangen Zweifeln schweben,
Wo mich ein einzig Wort beruh'gen mag?

Siegfried.

Genug! Nicht immer frommt's, von allem wissen.
Zweischneidig ist das Wort. Und Dinge gibt's,
Die, namenlos, unmächt'gen Schemen gleich
Im Luftkreis schweben. Doch berufst du sie,
So stehn sie leibhaft da, verderbenträchtig,
Und keine Macht bannt sie zurück ins Nichts.

Chriemhild.

O so betrog mein ahnend Herz mich nicht,
Und unbekannte Schrecken lauern hier,
Von denen du den Schleier wegzuziehen
Aus Mitleid zauderst! Doch du thust nicht klug;
Denn schlimmer als das Uebel ist das Grauen,
Das wie ein Dunst gestaltlos vor ihm zieht.
Gewißheit gib mir, und ich kann sie tragen.
Zeig' die Gefahr mir, und ich will mit dir
Sie klug vermeiden oder kühn bestehn;
Nur leg' mir nicht freiwill'ge Blindheit auf.
Bin ich dein Weib nicht? Hast du zur Gefährtin
Mich deiner Heldenlaufbahn nicht erwählt?

Und hielteſt mich ſo ſchwach, daß mich beim Anblick
Des bräuenden Geſchicks ein Schwindel faßte!
Gewiß, das thuſt du nicht! —

(Sie hält erwartend inne. Siegfried ſchweigt.)

Du ſchweigſt noch immer?

Weh mir! Ich war ſo ſtolz auf dein Vertraun
Hoch über alle Frauen glaubt' ich mich
Emporgerückt; nun muß ich's, ach, erkennen,
Ein ſel'ger Rauſch nur war's, der mich erhob;
Denn deinesgleichen ſahſt du nie in mir.
Den Schaum des Lebens nur, den Sonnenſchein,
Den flücht'gen Reiz allein gedachteſt du
Mit mir zu teilen, nicht das Leben ſelbſt.
Dein tiefſtes Herz hältſt du vor mir verſchloſſen,
Und wie ich pochen mag, du thuſt nicht auf!

(Sie bricht in Thränen aus.)

Siegfried.

Wie? Thränen, Chriemhild? Seid ihr Weiber doch
Wie ſchmelzend Wachs! Ich bitte dich, hör' auf.
Das Blut aus Wunden kann ich rinnen ſehn,
Doch dieſe Tropfen nicht, mit welchen du
Mich zwingen willſt. Hör' auf — du machſt mich
zornig —

Beim Thor! Ich spräch' nicht gern ein hartes Wort.
So geh' ich lieber —

(Wendet sich.)

Chriemhild (ihn haltend).

Siegfried! Siegfried!

Siegfried (macht sich los).

Laß mich!

Chriemhild.

O nun ist alles hin! Du liebst mich nicht!

————

Siebenter Auftritt.

Die Vorigen. Brunhild

(die schon während der letzten Reden aus der Bogenpforte getreten ist, und
alles beobachtet hat).

Brunhild (für sich).

In Thränen sie, und er im Zorn. — Ihr Götter!
Elend auch er! — Nun springe nicht, mein Herz!

(Sie tritt hervor.)

Euch zu begrüßen kam ich; doch ich sehe,
Ich habe meine Stunde schlecht gewählt.

Siegfried.

Du bist uns stets willkommen, Königin.

Chriemhild.

Gewiß — Und doch — Du hast uns überrascht; --
Was wirst du denken?

Brunhild.

Daß die Thränen, die
So reich dir fließen, Freudenthränen sind,
Wie sie der Gattin solches Helden ziemen.

Chriemhild.

Brunhild!

Siegfried.

Laß dir bedeuten —

Brunhild.

O ich weiß,
Was jetzt dein Stolz zu reden dir gebeut!
Du willst mir sagen, daß der Schein betrügt.
Und darin freilich hast du recht. Es hat
Mich unerhört bis heut der Schein betrogen;
Bis heut, nur nicht in diesem Augenblick.
O ich war blind! Doch plötzlich blitzerhellt

Erkenn' ich das Geweb des Schicksals wieder.
Ich sehe, welchen Wonnebecher dir
Dein junges Weib kredenzt. — Gehabt euch wohl!
Ich will dein Glück nicht stören, Schwester Chriemhild.

(Sie eilt rasch ab.)

Siegfried.

Brunhilde! — Sie ist fort, sie hört mich nicht.

Chriemhild.

O womit hab' ich solchen Hohn verdient!

Siegfried.

Ha, frecher Hochmut! Wagt sie mir mein Weib
Zu schmähn! Vor meinem Antlitz! Die Vermeßne!
Mein Weib, das sie mit keinem Wort gekränkt!
Und dies zur Stunde, da um ihr Geheimnis,
Um ihre Ehr' ich wie ein Thor gesorgt!
Tod und Verderben! Hier vor meinen Augen!
Als wärst du eine Magd!

Chriemhild (weinend).

O Siegfried, Siegfried!

Siegfried.

Du sollst nicht weinen, Chriemhild. Nein! Ich habe
Was deine Thränen löscht. Und komme draus

Was immer will; nun sollst du diese Stolze
In ihrer Blöße sehn, nun sollst du's wissen,
Was nur, um sie zu schonen, ich verschwieg.
Als du mich heut vermißt — war ich bei ihr.

Chriemhild.

Bei Brunhild! All ihr Götter!

(Der Vorhang fällt rasch.)

Dritter Aufzug.

Pfeilersaal in der Hofburg zu Worms: Im Hintergrunde,
so wie vorn zu beiden Seiten offene Pforten.

Erster Auftritt.

Hagen und Volker
(treten vorn zur Linken auf, in lebhaftem Gespräch begriffen).

Volker.

Das war nicht wohlgethan, ich wiederhol's;
Ablehnen durftest du, doch nicht mit Hohn
Den Speer dem Knaben vor die Füße schleudern.
Das reut dich selbst noch, Hagen.

Hagen.

                              Nimmermehr!
Ich bin kein Bettler, der am Wege lungernd
Almosen nimmt aus Siegfrieds gnäb'ger Hand.

Volker.

Fürwahr, er meint' es giltig.

Hagen.

Mich beschenken!
Wer gab, beim Abgrund, ihm das Recht dazu?
Das darf mein König thun, mein Freund, nicht er!

Volker.

Wenn ihr nicht Freunde seid, die Schuld ist dein.
Er wär' es gerne. Niemals hat er dir
Ein Leides angethan. Was widerstrebst du
So unversöhnlich ihm?

Hagen.

Wenn ich nun sagte:
Ich haß' ihn, wie der Stier den Scharlach haßt,
Aus eingeborner Feindschaft der Natur,
Wär's nicht genug der Antwort? Doch mich treibt's,
Den stummen, mondenlang verhaltnen Groll
Dir auszuschütten, Volker. — Sieh, mir ward
Im Leben wenig gute Zeit beschert;
Des Glückes Stiefkind bin ich; niemals hat
Ein liebes Weib geruht in diesen Armen,
Ein Kind mich angelacht. Nicht Haus noch Gut
Erwarb ich mir, und selbst vom Siege waren
Der Schweiß, der Staub, die Sorge nur mein Teil

Für andre blieb die Frucht und blieb der Ruhm.

Ich habe nie geklagt, denn eines wußt' ich,

Eins, was für mein mühselig Los vollauf

Ersatz mir gab, das stolze Selbstgefühl,

Der Pfeiler dieses Königtums zu sein.

Das war mir Weib und Kind und Gut und alles.

Und nun, nachdem ich zwanzig Jahr' allein

Dies Haus gestützt und hundertfach mein Blut

Verspritzt, um es zu fest'gen, — nun zum Schluß

Kommt dieser Knab' im blonden Haar, und zieht

In Haus und Herzen wie ein Sieger ein,

Gebeut in Rat und Feld, und ich, ich soll

Wie ein verrostet Waffenstück, das man

Um alte Dienste schont, im Winkel stehn!

Ha, Tod und Hölle!

Volker.

Du mißkennst im Grimm

Dich selbst und andre. Wann hat Siegfried je

Um Gunst gebuhlt?

Hagen.

Gleichviel! Ist's nicht genug,

Daß er zum Herrn sich aufwarf unsres Herrn,

Und uns zu Knechten macht' aus Gunthers Freunden?
Ha, nimmer trüg' ich's, wenn mir in der Brust
Das Erbteil nicht hellseh'nder Ahnung wohnte.
Nun aber weiß ich's wie durch Götterspruch:
Dem Baum, der in den Himmel wipfelt, liegt
Die Axt schon an der Wurzel, und sein Teil
Ist jähes Ende. Hört denn mein Gebet,
Ihr Waltenden dort unten, hört mich an:
Wenn ihr dereinst, um diesen trotz'gen Stamm
Dahinzustrecken, eines Arms bedürft,
Hier bin ich, Hagen; wählet keinen andern!

Volker.

Nicht weiter, Schrecklicher! Wie mag dein Herz
In solchen Träumen sich ergehn! Besinne
Dich auf die Gegenwart, die du verlorst.
Mich ruft der Dienst hinweg. — Und sieh, dort naht
Geschmückt zur Feier schon die Königin.

(Er geht im Hintergrunde ab. Hagen zieht sich zurück. Durch die Pforte
vorn zur Rechten erscheint Brunhild, im Priestermantel, die Krone auf
dem Haupte.)

Zweiter Auftritt.

Hagen. Brunhild.

Brunhild

(langsam vorschreitend, ohne Hagen zu bemerken).

In meiner Seele toben Furcht und Hoffnung.
Selbst dieser priesterliche Mantel dämpft
Die Qual des Zweifels nicht, der mich bestürmt.
Gewißheit muß ich haben, sollt' ich dran
Zu Grunde gehn.

(Sie erblickt Hagen.)

Still! Hagen. — Kommst du schon,
Ins Heiligtum zum Fest mich zu geleiten?

Hagen.

Noch eine Stunde währt's bis Mittag, Fürstin.
Auch nahn wir Männer erst den Tempelstufen,
Wenn ihr zu zweien drinnen am Altar
Mit Frauenhand den heil'gen Dienst vollbracht.

Brunhild.

Zu zwei'n?

Hagen.

So will's die Sitte, die wir nie,

So lang' ich denke, zu verletzen brauchten.
Im vor'gen Jahre stand Frau Ute noch,
Die königliche Greisin, bei Chriemhilden,
Die Abendröte bei dem Morgenrot.
Es war ihr letzter Gang. Nun tretet Ihr
Des Fürsten Gattin, an der Mutter Platz.

Brunhild.

Ich hoff' ihn nicht unwürdig auszufüllen.

Hagen.

Gescheh' es so. Sie war ein hohes Weib,
Was sie beschloß war Weisheit. Lebte s i e,
Es stünde manches anders, als es steht.

Brunhild.

Dein Lob der Toten klingt fast wie ein Vorwurf
Für die Lebendigen.

Hagen.

Das sollt' es nicht;
Denn Ehrfurcht stets gebührt den Herrschenden.
Vor einer Sorge freilich hätt' uns wohl,
Die jetzt um dieses Hauses Zinnen flattert,
Frau Utens vielerprüfter Geist bewahrt.

Brunhild.

Was meinst du? Sprich!

Hagen.

    Sie hätte nie ihr Kind
Vermählt mit Siegfried, eh' ihm Kron' und Land
Anheimgefallen, oder wenn sie's that:
Sie hätt' ihn nie geduldet hier in Worms.

Brunhild.

Den hochgewalt'gen Helden nicht? Warum?

Hagen.

Weil er zu hoch und zu gewaltig ist.
Zwei Kön'ge taugen nicht für einen Stuhl.

Brunhild.

Auch nicht, wenn sie die Freundschaft fest verbündet?

Hagen.

Man soll kein Leben auf Gefühle baun,
Die mit den Dingen nicht im Einklang sind.
Das Herz ist wandelbar, die Dinge bleiben.

Brunhild.

Du sagst, was wahr ist. Aber achtest du's
Für nichts, daß Chriemhild wohlgebettet ward?

Hagen.

Vielleicht.

Brunhild.

Vielleicht? das heißt: vielleicht auch nicht.

Hagen.

Nehmt's wie Ihr wollt.

Brunhild.

Was läßt dich zweifeln, Mann?
Sprich, fürchte nicht, daß du mich kränkst.

Hagen.

Das weiß ich,
Denn dieser Bund ist Euch verhaßt, wie mir.

Brunhild.

Wer sagt dir das?

Hagen.

Mein Herz, Frau Königin,
Das selber hassend fremden Haß errät,
Und Euer glühend Aug' am Hochzeitabend.

Brunhild.

Ein kühner Schluß! Nur schade, daß der kühnste
Am eh'sten trügt. — Doch reden wir von Chriemhild.
Du meinst? —

Hagen.

Je nun, ich mein', er liebt sie nicht.

Brunhild.

So starker Ausspruch fordert starken Grund.
Wer wird dir glauben, der die beiden sah?

Hagen.

Vielleicht, wer das auch sah, was ich geschaut.
Seht, Frau, ich bin in Krieg und Sturm erwachsen,
Und des, was Brauch ist zwischen Mann und Weib,
Die sich gefallen, weiß ich wenig fast.
Nur mein' ich, Liebe weilt bei Liebe gern,
Zumal bei Nacht, zwei Tage nach der Hochzeit,
Und schweift nicht einsam braußen durch die Gänge
Der alten Burg im feuchten Monblicht um.
Doch so thut Euer Schwäher.

Brunhild.

　　　　　　　Traft ihr euch?

Hagen.

Er sah mich nicht; mich barg des Pfeilers Schatten,
Doch besto deutlicher erkannt' ich ihn.
Zwei Stunden mocht' es sein nach Mitternacht,
Als ich auf meiner Rund' ihn kommen hörte.

Im Nachtgewand, langsamen Fußes, schritt er
Den Gang herauf; dann, wo der Steinaltan
Hervorspringt auf den Strom, trat er hinaus,
Den Blick emporgeheftet zu den Sternen,
Als wollt' er spähen, welche Zeit es sei.
Da, wie er stand, vernahm ich, daß er seufzte,
Und leise vor sich hinsprach: Armes Weib!
Doch plötzlich fuhr er dann empor, und ging.

Brunhild.

Er seufzte, sagst du?

Hagen.

Ganz, wie wenn ein Mensch
Bedauert, was er doch nicht ändern kann.
Ein Ton des Mitleids war es, nicht des Leids,
Das aber hört' ich deutlich: Armes Weib!

Brunhild.

Seltsam, sehr seltsam! —

Hagen.

Nun? Genügt's Euch, Frau?
Wen konnt' er anders meinen, als Chriemhilden?

Brunhild.

Ich kann's nicht leugnen, Hagen; dein Bericht

Ist mächtig, bangen Zweifel aufzuregen,
Und baß ein Leib hier waltet, scheint gewiß.
Bewahr in treuer Brust, was du erfuhrst.
Ich will das Gleiche thun; es ziemt uns nicht,
Ein trüb Geschick, das unsres Hauses Ehre
Vielleicht bedroht, ans Licht zu ziehn: das sei
Den Göttern, die nicht raften, überlaffen.
Jetzt geh! Unruhig wogt die Seele mir,
Und Sammlung heischt das Fest. Ich muß allein sein.

(Hagen geht.)

Dritter Auftritt.

Brunhild (allein).

Er liebt sie nicht! Was braucht es weiter Zeugnis!
Sie haben ihm mit Trank und Spruch den Sinn
Verwirrt, und was er that, geschah im Rausch —
Doch, wenn er sie nicht liebt — o dämpft ihr Götter,
Dämpft diesen Sturm, daß ich den Schrecken nicht
Der allzujähen Wandlung unterliege!
Denn alles schwankt, wie ihr errettend naht.

Die finstre Kerkerwand, die mich umfing,

Stürzt dröhnend ein, und trunken, glanzgeblendet

Vergeht in Hoffnungsschaudern mir das Herz!

(Indem sie sich zum Abgehen nach der Pforte im Hintergrunde wendet, tritt
ihr Siegfried durch dieselbe entgegen.)

Vierter Auftritt.

Brunhild. Siegfried.

Brunhild

(bei Siegfrieds Anblick zusammenfahrend).

Ha, Siegfried! du?

Siegfried.

Verstört mein Anblick dich,

So will ich gehn.   Denn dich nicht sucht' ich hier.

Brunhild.

Verweil.   Ich hab' mit dir zu reden, Siegfried.

Siegfried.

Wofern du meines Arms bedarfst, befiehl.

Der Fürstin dien' ich gern; wiewohl — du weißt es —

Nicht freundlich unser letzt Begegnen war.

Brunhild.

Vergib mir, Siegfried, wenn mein stürmisch Herz
Mit blindem Wort unwollend dich verletzte.
Leicht reizbar ist, wenn man aus goldnem Traum
Zu jäh emporgeschreckt. Das ist mein Los.
Es lastet viel auf mir, was ich zu tragen
Mich erst gewöhnen muß. Drum, wenn dir fremd
Und rätselhaft mein ganz Gebaren schien,
Seit Wochen schon, so rechte nicht zu streng,
Und glaub': Nie war's mein Wille, dich zu kränken.

Siegfried.

Ich weiß dir Dank, daß du so freundlich sprichst.
Gewiß, ich wohnte gern mit dir in Frieden.

Brunhild.

So sei denn jeder Groll hinweggebannt!
Sieh — viel erlebten wir in dieser Zeit,
So viel, daß ich mir oft durch Zauberspruch
Verwandelt schein', und mühsam mich besinne,
Was früher war. Da drängt sich — was verhehl' ich's! —
Die Sehnsucht nach dem alten Freund mit auf,
Und aus dem Strudel dieser Gegenwart
Flücht' ich zu dir; denn du nur magst mich fassen.

Die Löwin fahſt du, die jetzt Sitte lernt.
In ſtolzer Freiheit noch, und kennſt das Sonſt,
Aus dem ich hergelangt — kaum weiß ich, wie?

Siegfried.

Du wirſt dir ſtark ein neues Leben gründen.
Das Sonſt iſt hin.

Brunhild.

   Ich weiß, doch möcht' ich's nie
Vergeſſen, Siegfried, niemals. Der iſt feig,
Der ſcheu die Wimpern zudrückt, wenn's einmal
Von alter Zeit in Nacht verſunknen Gipfeln
Wie Wetterleuchten ernſt herüberblitzt.
Nein, offnen Auges ſtarr' ich in den Glanz
Und hoch ſchwillt mir die Bruſt. O Siegfried, war's
Nicht ſchön, nicht unſres Angedenkens würdig,
Als wir wie wilde Schwäne dort am Meer
Beiſammen hauſten, als wir täglich, kühn
Das Leben wagend, zwiefach es gewannen,
Und jauchzten, wenn der Jugend Sturm gewaltig
Durch unſre Herzen, wie durch Harfen, ging?

Siegfried.

Ei, wie vergäß' ich je der friſchen Zeit!

Gewiß, noch heute dank' ich's jenem Wetter,

Das dazumal, — drei Jahre sind's nun bald —

Mein Drachenschiff an deine Küste warf,

Dem frühen Winter, der mich dort gefesselt.

Denn Unerhörtes brachte jeder Tag,

Gefahr und Lust; da griffen wir im Tannicht

Den zott'gen Riesenwolf, da maßen wir

Abgründ' im Sprunge, rangen, wo sich schwindelnd

Der Felshang senkt, die Brut dem Greifen ab

Und kämpften mit der Bärin auf dem Eis.

Und nachts, am Herdesfeuer, wecktest du

Mit Harfentönen die gewalt'gen Schatten

Begrabner Helden, oder lehrtest mich

Der Runen Schrift verstehn. So floß die Zeit

Dahin, ich merkt' es kaum.

Brunhild.

Weil sie beglückt war

Und ohne Wunsch. — Wer bringt uns heute, Siegfried,

Nur einen Tag zurück, so frisch und froh,

So reich an Hoffnung! — Warum trieb dich auch,

Da kaum der Lenz die eis'gen Schollen löste,

Dein Sinn hinaus von mir! Doch nimmer wollt' ich

Dich halten, wo der Ruhm den Helden rief,
Ob ich dich schwer auch ziehn sah. — O gedenkst
Du noch der Nacht, der letzten, eh' wir schieden?
Da hattest du den schupp'gen Seewurm endlich,
Das Ungeheuer, das du lang gesucht,
Am Klippenstrand erlegt, und rittest nun,
Ich sah's vom Turm, langsam zur Burg herauf.
Beim Sternenlicht erkannt' ich deinen Hengst,
Wie stolz er bäumte, hinter ihm geschleppt
Den Riesenleib des Wurms. Der Wächter stieß
Ins Horn mit Jubelschall, und gleich als wollte
Der Himmel selbst mitfeiern deinen Sieg,
Ergoß er plötzlich überm Haupte dir
Ein glorreich Nordlicht, daß dein blond Gelock
Wie Feuer wallte. — O wie stolz empfand
Ich da des Gastes Herrlichkeit, wie schlug
In Lust aufjauchzend dir mein Herz entgegen!
Ein hoher Götterliebling schienst du mir
Zu jener Stunde, jedes Preises wert.
Schon sah ich dich mit ahnungsvollem Geist
Als einen König über alle Kön'ge
Den letzten Kranz, den herrlichsten, ergreifen;
Und nun —

Siegfried.

Vollende deinen Spruch! — Und nun?

Brunhild.

O daß ein Traum so treulos täuschen darf!
Daß so betrübt ein königlicher Geist,
Der mit den Schwingen schon die Sterne rührte,
Im Fluge sinken mag! Nun find' ich dich,
Den Helden, dem die Welt gehören sollte,
Im Dunkel hier als König Gunthers Mann.

Siegfried.

Ich bin nicht Gunthers Mann, noch war ich's je.

Brunhild.

So bist du doch Chriemhildens Eh'gemahl.

Siegfried.

Und allen Göttern dank' ich's.

Brunhild.

Frommer Sinn
Dankt freilich auch für Schwerverhängtes wohl.

Siegfried.

Du sprichst in Rätseln.

Brunhild.

Wohl, so will ich klar sein,
So klar, wie deine Seele vor mir liegt.

Zwar weiß ich wohl, ihr Männer liebt es nicht,
Ein heimlich Leid einzugestehn; doch kein
Bekenntnis will ich ja, du sollst nur hören,
Daß ich dein Herz durchgründet. —

                  Armer Freund!

Der Pfad, auf dem der Held zur Größe wallt,
Ist steil und schmal; die meisten schritten ihn
In stolzer Einsamkeit. Dreimal glückselig
Der Auserwählte, der, Gefahr und Ruhm
Zu teilen, eine g r o ß e Seele fand!
Das höchste fiel ihm unter allen Losen.
Doch weh' dem Blinden, der, vom Sinnenreiz
Verhängnisvoll umstrickt, auf halbem Wege
Sein Leben ratlos an die Kleinheit band!
Denn unerbittlich zieht sie ihn nach unten,
Und Heimweh, rettungsloses, zehrt ihn auf. —

                    (Kurze Pause.)

Siegfried, das ist dein Schicksal. Nieder ging
Dein Stern im Strome der Alltäglichkeit,
Als du mit diesem Kinde dich vermähltest;
Und elend bist du, weil du das erkennst.

                  Siegfried.

Ich? Elend?! — Träumst du?

Brunhild.

O, verleugn' es nur!

Hüll' dich in Lächeln ein, in Zorn, in Staunen!

Dir sagt dein Herz doch, daß ich Wahrheit sprach.

Dir sagt's die Bitterkeit des Ungenügens,

Der Abfall von der Jugend stolzem Traum;

Dir sagt's dein Blut, das, einst wie Feuer wallend,

Schon kühl durch deine Adern schleicht, dir sagt's

Die ganze weite Welt, wo jedes Ding

Zu frohem Wachstum seines Gleichen sucht.

Es paart sich Flamm' und Flamme, Flut und Flut,

Und nur die Heldin taugt zum Weib des Helden!

Siegfried.

Das war es, das? O welch ein Gott hat dich

Verblendet, daß du mich, daß du die Sehnsucht,

Die tief im Manne wohnt, so ganz mißkennst!

Denn nicht des eignen Wesens Abbild, wisse,

Sein Widerspiel nur ist's, was uns die Seele

Mit Liebesmacht unwiderstehlich zwingt,

Und was uns selbst versagt blieb, suchen wir

Vollendung dürstend in der fremden Brust.

Der Schwache wähle sich ein starkes Weib;

Kraft greift nach Sanftmut; wahrlich und je stolzer

Der Mann emporwuchs, desto mächt'ger rührt ihn
Der Zauber holdbedürft'ger Weiblichkeit.
Das ist es, was mich an Chriemhilden bannt,
Das schafft die Wonne, die aus ihrem Wesen
Wie Monblicht über meine Seele strömt,
Und all mein Ungestüm in Frieden taucht.
Was gilt am Weib mir Heldentum? Beim Thor!
Das hab' ich selbst, und neubegierig wohl
Bestaunen kann ich's; aber lieben? — Nie!
Ich hab's erfahren. Sah ich nicht im Norbland
Die blonden Schilbjungfraun, die stahlumschient
Im Wagen stehend ihre Rosse zähmten?
Doch keine rührte mich. Und mehr als das!
Bist du nicht selber wie von Götterstamm?
Nicht hohen Geistes? Strahlst du blendend nicht
An Herrlichkeit und Kraft vor allen Schwestern?
Sah ich den strengen Liebreiz, der dich schmückt,
Nicht mondenlang vor den beglückten Augen
Von Tag zu Tage feuriger erblühn?
Und nie doch stieg mir, nie, selbst nicht im Traum,
Auch nur die Regung auf, als lieb' ich dich.

Brunhild.

Ha! Uebermüt'ger! Hast du nicht der Sonne,

Der ew'gen Sonn' auch deine Gunst versagt,
Weil sie mitleidig einen Strahl dir gönnte? —
Wer spricht von mir denn! Wohl dir, daß du nie
Gewagt, so hoch dein Auge zu erheben!
Denn, bei den Nornen, Schmach erspart' es dir.
Wie einen Knaben hätt' ich dich vom Hofe
Gegeißelt —

Siegfried.

Bänd'ge deine Zunge, Weib!
Vergessen könnt' ich —

Brunhild.

O vergiß, vergiß!
Du bist ja doch in dieser Kunst ein Meister.
Denn was vergaßest du nicht schon? Dich selbst,
Und Ehr', und Treu, und jedes hohe Ziel;
Und alles um ein brünstig schmachtend Weib!
So geh denn hin zu ihr, der einz'gen, babe
In ihrer Seele Milch und Honig dich,
Bis alles Erz aus deiner Brust hinwegschmolz,
Und jeder Tropfen Bluts von Heldenart
In Schäferwollust schamlos unterging!
Geh, geh! dein Täubchen girrt — Was zögerst du?

Doch dies nimm auf den Weg: ich hasse dich,
Von ganzer Seele hass' ich dich, und habe
Dich immerdar gehaßt, und will dich hassen,
So lang ein Hauch des Lebens in mir wohnt! — —
O all' ihr Götter!

Siegfried.

Du bist außer dir.
Warum, ich mag's nicht ahnen. — Fasse dich!
Und was du sprachst, verlöscht sei's und begraben.

(Er geht.)

Fünfter Auftritt.

Brunhild (allein).

Zu viel! Zu viel! Nun halte mich empor mein Stolz,
Daß ich nicht hell aufklagend, wie die Nachtigall,
Im Schluchzen sterbe! — Nein, nein, nein, des Sieges
soll
Er nimmermehr sich rühmen, der Entsetzliche!
Bin ich nicht Königin, bin ich nicht Brunhild noch?
Nein! Leben will ich ihm zum Trotze. Jauchzen sei

Fortan und Schwärmen all mein Thun. Und wenn er
ihr,
Der Blonden, liebkost, die mir seine Seele stahl,
Dann will ich lachen, lachen; denn was frommte sonst
Bei solchem Schauspiel! — Wehe, weh mir! Welche
Qual
Schießt jach ins Herz mir! Wie ein Geier fällt's mich an,
Der, stark beflügelt, willenlos dahin mich reißt;
Ein roter Schleier webt vor meinen Augen sich,
Und mir im Ohr erklingt es wie der Norne Ruf.
O Luft, Luft, Luft! Und, Götter, diesem Sturm ein
Ziel!

(Sie stürzt fort.)

Verwandlung.

Freier Platz vor dem Heiligtume. Im Hintergrunde über
Stufen eine hohe Bogenpforte.

Sechster Auftritt.

Eine Schar von Jungfrauen, festlich geschmückt, mit Fackeln, unter
ihnen Gerda. Chriemhild tritt auf.

Chriemhild.

Seid mir gegrüßt! Zum Fest bereitet find' ich euch?

Gerda.

Wir sind's, o Herrin. Fackeln tragend, angethan
Mit weißen Kleidern, wie der heil'ge Brauch es will,
Geschmückt mit Blumen, feuerroten, siehst du uns.
Nur deines Winkes harren wir, hinaufzuziehn.

Chriemhild.

Und niemand fehlt uns?

Gerda.

Niemand, als die Königin.

Chriemhild.

Wohl. Warten wir hier außen, bis Posaunenton,
Die Sonn' im Scheitel grüßend, zum Altar uns ruft;
Bald muß er schallen. Künd' er uns ein glücklich Jahr!

Gerda.

Verdrießt Brunhildens Zögern dich? Du bist so ernst.

Chriemhild.

Ernst bin ich, ja; doch nur die Feier stimmt mich so.

Gerda.

Die Feier? Wie versteh' ich dich, Gebieterin?
Denn fröhlich dünkt sie mich vor allen. Ist es doch;
Des Sonnenjünglings Freudenfest, was wir begehn,
Sein Siegestag, an dem er liebend Strahl um Strahl
Zur Erd' herabgießt, und von ihr nicht lassen will.

Chriemhild.

Nicht lassen will, und morgen dennoch lassen muß.
Das ist es, Liebe, was mit leisem Schauder mir
Die Brust erschüttert, daß an jede höchste Lust
Unwiderruflich sich ein banges Scheiden knüpft.
Was schön ist, währt nicht; alle die Erscheinungen
Des Jahrs verkünden's, die des Lebens Spiegel sind,
Und wie die Sonne wandelt unser Glück dahin.
Wohl steigt es fröhlich; aber kaum zum vollsten Glanz
Aufblühend, muß es wieder in die Nacht hinab.
Die Höh' ist Wend'. Und Wende singt vom Ende schon.

Gerda.

O laß die Furcht den Schuld'gen!

Chriemhild.

Wer entgeht ihr dann!
Denn vor den Göttern, Gerda, wer ist rein von Schuld?

(Posaunenschall aus dem Innern des Tempels, dessen Pforten aufspringen.)

Gerda.

Des Priesters Ruf!

Chriemhild.

So schreit' ich denn ins Heiligtum,
Die hohe Feier zu beginnen. Folget mir!

Siebenter Auftritt.

Chriemhild schreitet die Stufen hinauf; in diesem Augenblicke erscheint
Brunhild mit **Sigrun.** Sie eilt auf **Chriemhilden** zu und sucht
sie zurückzuhalten.

Brunhild.

Zurück, Verhaßte! Weiche von der Schwelle dort!

Chriemhild.

Was willst du? sprich! Was zerrst du meines Mantels
Saum?

Brunhild.

Mein ist der Vortritt. Heb dich aus dem Wege mir!

Chriemhild.

Der Bitte lernt' ich folgen, nicht dem Machtgebot.

Brunhild.

Gebieten ziemt der Königin. Hinweg darum!

Chriemhild.

Ich bin so gut von königlicher Art, wie du.

Brunhild.

Du wagst zu trotzen? Zittern lehrt dich mein Gemahl.

Chriemhild.

Sein Gast ist meiner, und ein starker Held, wie er.

Brunhild.

Jawohl; zum Hochmut aufgenährt an unserm Tisch.

Chriemhild.

Laß diese Red', Unsel'ge, sie geziemt dir nicht.

Brunhild.

Was mir gezieme, frag' ich keines Knechtes Weib.

Chriemhild.

Himmel und Erde! Brunhild, nimm dies Wort zurück!

Brunhild.

Ha, traf es, traf es endlich bis ins Herz hinein?
Und stöhnst du wie ein blutend Reh um Gnade nun?

Doch sieh, ich nehm' es nicht zurück. Ersticke denn,
Erstick' an dieser Minne, die so brünstig flammt!
Du sollst noch schaun, wenn mein Gemahl zu Rosse steigt,
Daß Siegfried unterwürfig ihm den Bügel hält.

Chriemhild.

Um deiner eignen Seele Heil beschwör' ich dich,
Brunhilde, schweig!

Brunhild.

Nein, schweigen will ich nicht. Ich will
Den Trotz dir brechen, daß du nicht zum andernmal
Vermessen prahlend meines Gleichen dich bedünkst.
Dir sagen will ich, daß dein edler Gatte mir
Ein Bettler gilt, ja, daß du selbst, Hoffärtige,
Die goldnen Sohlen knieend mir zu lösen taugst!
Denn königlich ist jeder Tropfe Bluts in mir;
Du aber hast, abschwörend deiner Fürstlichkeit,
Dich selbst entehrt in dienstbar schnödem Ehebett!

Chriemhild.

Ha, was war das! Von schnödem Eh'bett redest du,
Und von Entehrung? War's nicht also? Nun beim
Thor!
Das wäre furchtbar, wär' es nicht so lächerlich,

So unermeßlich lächerlich von dir zu mir.

Ja, schürze nur die stolze Lippe, runzle nur

Die Brauen, Wölfin! Einen Spiegel zeig' ich dir,

Daß du die eignen Königsehren drin beschaun,

Und dann, dem Basilisken gleich, zerbersten magst.

Denn dieser Siegfried, welchen du als schnöden Knecht

So ganz mißachtest, dieser selbe Siegfried hat

An dir gethan, was nimmer dein Gemahl vermocht.

Er war es, er, in König Gunthers Bild verstellt,

Der einst im Brautkampf Freiheit dir und Sieg entriß,

Und wär' es das nur! — Aber nein! — Gedenkst du
noch

Des ehernen Armes, der in tiefer Finsternis —

Zwei Nächte sind's — dich bändigt' und gewaltsam dir

Den starren Nacken beugte, daß du winseltest?

Gedenkst du sein? — Nun wisse: das war Siegfrieds
Arm!

Da lagst du Stolze, keuchend, mit gelöstem Haar

Zu Füßen ihm, und hieltest seine Knie umfaßt,

Und flehtest Schonung tiefzerknirscht und botest ihm

Dein ganzes hochgefürstetes Selbst zur Sühne dar.

Doch er, der Bettler — hörst du's? — er verschmähte
dich,

Um mich, um mich verschmäht' er dich, und ging davon
Dich Gunthern lassend, deinem großen Könige!

Brunhild.

Nieder in den Staub, du Schlange, die mit gift'ger
Zunge sticht!
Lügnerin!

Chriemhild.

Die Wahrheit sprach ich, und dein Grimm
verlöscht sie nicht.

Brunhild.

Schweig! Wie Flaumen in die Lüfte blas' ich deiner
Märchen Bau.

Chriemhild.

Glauben willst du nicht dem Worte, rasend Weib, wohlan
so schau!
Kennst du diese Doppelspange? Dir vom Gürtel kam
sie nie,
Bis der Held dich unterjochte —

Die Jungfrauen.

Wehe! Wehe!

Chriemhild.

Kennst du sie?

Brunhild.

Gaukelspiel der finstern Mächte!

Chriemhild.

Antwort gib!

Brunhild.

Wie Rabenflug

Schwirrt es düster mir vor Augen. Aber nein! Es ist
ein Trug!

Du entwandtest sie!

Chriemhild.

Du wagst es?

Brunhild.

Räuberin!

Sigrun.

Laßt ab vom Streit

Dort vom Schlosse naht der König.

Chriemhild.

Wohl, er kommt zur rechten Zeit

Achter Auftritt.

Gunther tritt auf, im königlichen Schmucke, begleitet von **Hagen,**
Volker und einem reichen Gefolge, das sich im Hintergrunde ordnet.

Gunther.

Welch ein Zwist! Wer ist's, der frevelnd unsrer Hofburg

Frieden brach?

Brunhild.

Schütze, räche mich, mein Gatte! Räche deines Weibes

Schmach!

Gunther.

Was geschah?

Brunhild

(führt ihn in den Vordergrund).

Es spricht die Stolze — meine Lippe

bebt vor Scham —

Daß nicht deine Kraft, daß Siegfried mir zu Nacht den

Gürtel nahm.

Gunther.

Wort des Unheils! Wehe!

Sigrun.

Wehe, daß du diesen Zwist begannst!

Brunhild.

Brich die Läst'rung! Richte! Räche!

Geibel, Brunhild.   7

Chriemhild.

Straf mich Lügen, so du kannst!

Brunhild.

Ha, du schweigst? du zögerst? Rede! Bei der Hölle
Pforten, sprich!
Var es Siegfried?

(Gunther schweigt.)

Die Jungfrauen.

Wehe! Wehe!

Chriemhild.

Sein Verstummen richtet dich.
Sieh, nun zitterst, nun erbleichst du; beines Stolzes
trunkner Wahn
Flattert hin, wie Rauch im Winde. Aber klage mich
nicht an!
Du, nur du beschworst das Wetter, das um beine Schläfe
grollt.
Stirb denn hin in seinen Blitzen! Denn du hast es
selbst gewollt.

(Sie schreitet in das Heiligtum; ein Teil der Jungfrauen folgt ihr. Die
übrigen samt dem männlichen Gefolge ziehen sich auf Hagens und Vollers
leises Bedeuten langsam zurück. Brunhild steht wie zerschmettert im Border-
grunde; Gunther will sich ihr nähern.)

Gunther.

Hör' mich, Brunhild —

Brunhild.

Fort, Verräter! Fort, aus meinem Angesicht!

(Gunther entfernt sich zögernd.)

Brunhild.

Aber ich, wohin ich flüchte, meiner Qual entrinn' ich
nicht.

Selbst die Rache, die zum dunkeln Priesteramt mich
heute weiht,

Schafft mir nicht, wonach ich dürste, schafft mir nicht
Vergessenheit.

Brich herein denn Götterdämmrung, und durch Rauch
und Trümmerfall

Stürmt empor ihr Abgrundsriesen! Stieb' in Aschen,
Sonnenball!

Nacht, uralte, ström' in Wogen schwarz und uferlos
herauf,

Nimm in deine tiefsten Tiefen mich und meinen Jammer auf!

(Der Vorhang fällt.)

Vierter Aufzug.

Halle in der Königsburg zu Worms. Den Haupteingang bildet ein offener Bogen im Hintergrunde; seitwärts zur Rechten eine hohe Pforte, die in Gunthers Gemächer führt; dieser gegenüber links ein anderer Eingang.

Erster Auftritt.

Siegfried. Gunther.

Siegfried.

So weißt du nun, wie alles sich begab,
Ich habe nichts verhehlt und nichts entschuldigt;
Und nun noch einmal: gib mir Urlaub, Fürst.
Aufrichtig dank ich dir's, daß du dein Herz
Um diese Schuld nicht von mir abgewendet,
Doch meines Bleibens ist fortan nicht hier.
Zu meinem Vater will ich heim nach Santen.

Gunther.

Mit nichten, Siegfried. Unglückfel'ges wohl
Geschah, und meiner Krone besten Stein
Gäb' ich dahin, es ungeschehn zu machen.

Doch heilt sich Arges denn mit Aergstem nur?
Du hast der Schwester hart ihr Thun verwiesen,
Hast an dir selbst gestraft, was du gefehlt:
Und sprech' ich nun: Mir ist genug geschehn,
Wer will noch rechten?

Siegfried.

Du vergißt Brunhilden.
Ihr nordisch Blut hat schwerern Sinn wie deins.

Gunther.

Erwarten wir's. Bis heut zwar schloß sie sich,
Mit ihrem Groll der Menschen Auge meidend,
In ihr Gemach. Und walten ließ ich sie,
Weil Zeit und Einsamkeit Besinnung schaffen.
Doch eben ward mir Botschaft: sie begehrt
Um Mittag hier im Saale mich zu sprechen.
Gewiß, sie fühlt, daß sie sich sühnen muß.

Siegfried.

Vielleicht mit dir, mit mir und Chriemhild nie.

Gunther.

Wer weiß! Ein Rätsel blieb ihr Wille stets.
Doch, wär's auch wie du sagst, so laß die Frauen
Sich meiden; was am Ende kümmert's uns!

Siegfried.

Du bleibst Brunhildens Gatte —

Gunther.

Doch kein Kind,
Das sich von Weiberlaunen gängeln läßt.
Fürwahr, dein langes Zaudern muß mich kränken.
Du traust mir nicht —

Siegfried.

Beim Licht der Sonne dort!
Mißhör' mich nicht. Am Ende machst du mich
Zum blöden Träumer, der am hellen Mittag
Gespenster schaut, und unter Freundes Dach
Vor Hinterhalt und Mörderwaffen bangt.
Nein, nur was menschlich ist befürcht' ich. Keiner
Gehört in Haß und Liebe nur sich selbst;
Ein Zauber webt im Dunstkreis, den wir atmen,
Und sacht, vom ewig gleichen Hauch umwittert,
Verwandelt sich das Herz uns in der Brust.
Wir könnten leicht — nicht feind — doch fremd uns
werden.
Drum eh' uns das geschähe, laß mich ziehn.

Gunther.

Dich treibt dein ungestümer Sinn hinaus,

Gesteh' es nur, nicht diese Schattenbilder,
Die du dir selber schaffst. Fürwahr, du zwingst mich
Zu sagen, was der Mann nur schwer bekennt,
Und schwerer noch der König: Sieh, ich kann,
Kann dich nicht missen. Drum verlaß mich nicht.
Versteh' mich, Siegfried, nicht den Siegerarm
Des Helden mein' ich; nein, dein fröhlich Auge,
Dein trautes Wort, dein sonnenhell Gemüt.
Wenn du mir schiedest, löscht' in dieser Burg
Mir jeder helle Klang und Schimmer aus.
Denn Brunhild lieb' ich, ja — allein ihr Sinn
Ist wie Gewitterhimmel; jede Lust,
Die von ihr ausgeht, birgt geheime Schrecken;
Ein heiter Glück erwart' ich nie von ihr.
Gernot ist fern, und Giselher ein Kind.
Wer bleibt mir sonst? Du weißt es ja, wir Kön'ge
Stehn einsam wie auf Bergesgipfeln da;
Die Ehrfurcht reicht hinauf, die Freundschaft nicht.
Doch du warst meinesgleichen, dir vermocht' ich
Mich frei zu schenken. — Sieh', so hab' ich stets
Die andern all, die eh'rnen Panzerhelden,
Geachtet, wie sie mir in Feld und Rat
Gedient; dich aber hab' ich lieb gehabt,

Von all den Hunderten, die mir begegnet,
Nur dich. — Nun ist's gesagt. Und jetzo geh!
Geh, wenn du kannst!

Siegfried.

       Beim Stuhl des Wodan, nein!
Ich bleibe bei dir. Wo aus Mannes Brust
So tief der volle Klang der Liebe bricht,
Da muß beschämt jedweder Zweifel weichen.
Gesegnet sei die Stunde, die mir so
Dein Herz enthüllt hat; diesen Hader selbst
Nun könnt' ich segnen. Ja, so schickt ein Gott
Die finstre Wolk' uns, daß wir doppelt siegreich
Das Farbenspiel des Bogens leuchten sehn.
Gib mir die Hand!

Gunther.

       Und spür' an ihrem Druck,
Wie treu ich's meine. Wahrlich, sehn die Weiber
Uns so verbunden, sie besinnen sich,
Und wie ein Funk' in Aschen stirbt der Zwist.
So sei denn gleich ein frohverbrüdert Tagwerk
Für heut begonnen! Mit den Mannen will ich
Zur Hirschjagd in den Odenwald hinaus.

Geleite mich, und unter grünen Wipfeln
Beschwören wir aufs neu den alten Bund.

Siegfried.

Ich bin dabei.

Gunther.

Geh denn, und laß den Hengst
Dir satteln. Nur mit Brunhild red' ich noch
Ein ruhig Wort, das mir ein Gott gesegne,
Und dann vom Hof herauf mit Hörnerschall
Ruf' ich dich ab.

Siegfried.

Du sollst nicht warten, Gunther.
Beim Thor! So fröhlich ging ich nie zur Jagd.

(Siegfried geht ab durch den Haupteingang. In demselben Augenblick
erscheint Hagen durch die Pforte zur Linken.)

Zweiter Auftritt.

Gunther. Hagen.

Gunther.

Du kommst zur guten Stunde. Eben hielt ich
Mit Siegfried Zwiesprach. Unser Zwist ist aus,

Und meinem Wunsche fügt er sich und bleibt.
Fürwahr, er trägt ein hoch Gemüt, und froh
Aufatm' ich, wie bei Frühlingswiederkehr,
Da ich nach all dem Wirrsal ihn aufs neue
Den Unsern heiße.

Hagen.

Herr, was thatest du!

Gunther.

Kann dich's befremden, Mann, wenn alte Freunde
Rasch ebnen was sie schied? — Sag an, was soll
Dies Runzeln deiner Stirne? Thust du doch,
Als hätt' ich Unheil dir, nicht Glück verkündet.

Hagen.

Ein allzu rasches Wort ist niemals Glück.
Du wirst was du gelobt nicht halten können.

Gunther.

Laß sehn doch, wer mir's wehrt!

Hagen.

Die Thaten, die
Geschehn sind, Herr, und deine Königin.

Gunther.

Du sprichst sehr zuversichtlich. Warst du etwa
Bei Brunhild?

Hagen.

Nicht bei ihr; denn niemand noch
Ward zugelassen. Doch ich forscht' im Vorsaal
Beim Ingesinde nach der Herrin Thun.

Gunther.

Und was erfuhrst du? Was begann die Fürstin,
Seit sie sich unserm Blick entzog?

Hagen.

Laß mich
Berichten, was ich von den Frauen weiß.
Zur Stunde, da vom Sonnenwendenfest
Sie heimkam, löste sie ihr wallend Haar,
Und Mantel, Kron' und Spangen von sich legend
Bestieg sie stumm ihr greifenklauig Bett.
Dort, wie ein Erzbild, lag sie nun zwei Tage,
Zwei Nächte, wortlos, ohne Speis' und Trank,
So ganz in sich versunken, daß sie kaum
Ein Glied geregt. Doch schlief sie nicht, denn finster,
Weit offen glomm ihr brennend Aug' empor,
Und sichtbar über Stirn und Brauen zogen
Wie Wolkenschatten die Gedanken ihr,
Als reift' ein furchtbar Schicksal sie im Innern.

Erst heut aus dieser Starrheit fuhr sie auf,
Und rief nach Wein, und sog aus tiefem Becher
Den Trunk mit bleichen Lippen durstig ein.
Dann, ihren Purpur um die Schultern werfend,
Hieß sie hieher dich laden zum Gespräch.

Gunther.

Seltsam! — Auf Frieden hofft' ich; dein Bericht
Hört freilich eh'r wie Möwenschrei sich an,
Der Sturm verheißt. So gilt es zwiefach denn
Mit Ruh gewappnet sein.

Hagen.
Die Königin!

(Brunhild ist unter dem Bogen des Haupteingangs erschienen.)

Dritter Auftritt.

Gunther. Hagen. Brunhild.

Brunhild.

Aus meiner Kammern Stille, wo ich einsam
Mein schlummerloses Leid in mir gewälzt,
Tret' ich gefaßten Geistes, mein Gemahl,

Bereit zur Zwiesprach wieder dir entgegen.

Doch nicht des Herzens Wunsch — du fühlst es wohl —.

Die Not der Stunde nur, die unerbittlich

Ein schweres Werk uns auflegt, treibt mich her.

Dir anzukünden komm' ich, was geschehn muß,

So du nicht selbst schon deinen Schluß gefaßt.

Sprich denn!

(Hagen will sich entfernen.)

Bleib Hagen! Du bist treu; du trägst ja

Kein wallend Goldgelock und wußtest nie

Von süßer Rede. Deines Rats vielleicht,

Vielleicht auch deines Arms bedürfen wir.

Gunther.

Mit Freuden seh' ich, Brunhild, daß der Sturm,

Der bis zur Wurzel dich erschüttert, endlich

Vorüberzog. Besonnen wendest du

Den Blick umher, und ruhig klingt dein Wort.

So hoff' ich denn, auch was dir not scheint, wird

Getrosten Mutes zu vollführen sein.

Doch eh' du's aussprichst, hör' mich an. Wohl fühl' ich's,

Daß ich mich schwer an dir verging, und stumm

Von meines Unrechts Wucht hinabgedrückt

Vor dir versinken müßt' ich, wär's nicht Liebe

Gewesen, was in dies Vergehn mich trieb.
Doch Liebesschuld ist stets geteilte Schuld.
Nicht mich allein, die eigne Hoheit auch,
Den Zauber, den dein Reiz allmächtig übt,
Verklage, wenn der Wunsch, dich zu besitzen,
Durch Recht und Sitte wie ein Feuer brach.
Jetzt ist's geschehn, und keines Gottes Spruch
Vermag's zu ändern; Zorn und Gram und Reue
(Könnt' ich bereun) sind alle gleich umsonst.
Da frommt nur eins: wie eines bösen Traums,
Den Finsternis und wildes Blut gezeugt,
Der That Gedächtnis löschen. — Was versank
Nicht schon im Brunnen der Vergessenheit!
Wo ist ein töblich Weh, das er nicht deckte!
So sei denn weise, Brunhild, wirf die Schuld
Auch dieser Tage großgesinnt hinab,
Und was dir doch — dafern das Leben je
Dir wieder blühn soll — einst die Not gebötc,
Das thu' aus freier Wahl: Vergiß! Vergib!

Brunhild.

Du sprichst in einer Sprache, die, vernehm' ich
Die Worte gleich, doch wie des Windes Sausen,
Des Wassers Rauschen mir unfaßbar bleibt,

Ein leerer Schall, dem Sinn und Deutung fehlt.
Wenn mir ein Pfeil im wunden Fleisch noch zittert,
Wenn tödlich Gift mir durch die Adern rast,
Wirst du verlangen, daß ich Pfeil und Gift
Aus meinem Sinn vertilgen soll? — Und doch!
Ich könnt' es eh'r, als diese Qual vergessen,
Die unauslöschlich brennend mich verfolgt.
Den Göttern mag es anstehn, zu verzeihn,
Denn machtlos prallt von ihrer heitern Stirne
Der Frevel, wie von festem Erz, zurück;
Ich bin verwundbar irdischen Geschlechts,
Und Sühnung brauch' ich, wie ich Schmerzen fühle.

Gunther.

Ich hatte dich besänftigter gehofft.
Doch sei's. Sag deinen Preis. Was menschlich ist
Gewähr' ich dir. Du wirst im Zorn nicht reden.

Brunhild.

Sei unbesorgt. Wer so wie ich gelitten,
Dem losch mit Furcht und Hoffnung auch der Blitz
Des Zornes aus, und ehern, wie das Schicksal,
Gelassen thut er, was notwendig ist. — —
Siegfried muß sterben.

Gunther.

Weib, versuchst du mich?
Zu welchem Ende sonst der grause Scherz!

Brunhild.

In solcher Stunde scherzen, wäre Frevel.
Du frugst mich um den Preis; ich nannt' ihn dir.

Gunther.

Und Mindres also nicht, als Siegfrieds — Mord
Begehrtest du?

Brunhild.

Du sagst es, mein Gemahl.

Gunther.

So hat von deinen Zauberweibern eins
Mit Bechern Wolfsbluts dir das Haupt verwirrt
Und dir das Herz zu kaltem Fels versteinert!
Doch wenn du selber fühllos solches Greu'l
Nicht scheust zu denken, wähnst du denn, ich werde
Jemals einwill'gen in das Gräßliche?
Ich werd' es dulden, daß man hinterrücks
Den Waffenbruder mir, den Freund erwürgt?

Brunhild.

Du wirst es dulden.

Gunther.

Nimmermehr! Den Gast —

Brunhild.

Der dir vor allem Volk dein Weib entehrt!

Gunther.

Das that nicht er —

Brunhild.

Das that die Schwester, meinst du.
Doch konnte sie's, wenn er dich nicht verriet?

Gunther.

Durch absichtsloses Wort. Ein Schicksal war's.

Brunhild.

So nenn's auch Schicksal, daß er sterben muß.

Gunther.

Laß dich beschwören —

Brunhild.

Spar die citle Rede!
Du hältst der Norne Schritt so wenig auf,
Wie du ihn retten könntest, wenn er mich
Vor deinen Augen hier erschlagen hätte;
Denn Ehr' und Leben halten gleich Gewicht.
O, als ich dalag, Tag' und Nächte lang

Nichts als den Abgrund meiner Schmach empfindend,
Als jede Faser, die in mir sich regte,
In Schmerz aufzuckend nach Vernichtung schrie:
Was hielt mich ab, mit eingepreßtem Odem
Die Brust zu sprengen, und des Blutes Bäche
Stillstehn zu heißen, wenn es nicht die Pflicht
Der Reinigung und der Vergeltung war?
Nicht ungesühnt durft' ich hinunter gehn,
Ein ehrlos Bild zu wandeln bei den Toten,
Die ich im Leben hoch die Stirne trug.
Das trieb mich rückwärts von der düstern Schwelle,
Die meine Sehnsucht schon betrat, das hieß
Noch einmal dies verhaßte Licht mich grüßen;
Doch nur, damit's mein furchtbar Sühnungswerk
Bezeuge, wie es meine Schmach gesehn.
Nur um der Rache willen leb' ich noch;
Und bei dem Eid, mit dem du am Altar
Dich mir verschworst, du wirst sie mir nicht weigern!

Gunther.

O, hilf mir, hilf mir, Hagen, rette mich
Vor diesem Weib! Es steigt aus ihren Worten
Ein Dämon, der das blanke Todesschwert
Mir aufdrängt, das ich doch nicht fassen kann —

Tritt du dazwischen mit der Eisenseele!
Sag ihr — denn mich, du siehst es, hört sie nicht —
Daß sie Unmögliches begehrt. Und mir —
Bei deiner Treue, Mann, beschwör' ich dich —
Zeig einen Pfad der Schonung!

Hagen.

Herr, weil ich
Dein treuer Mann bin, kann ich's nimmermehr.
Wie spräch' ich ja, wo Ehre nein gesprochen!
Er hat dein Weib beschimpft und deine Krone;
Du mußt ihn töten. Keinen Ausweg gibt's.

Gunther.

Auch du! Auch du! Wohlan, so nehmt mein Haupt,
Mein Blut für sein's dahin! Ich bin kein Feigling,
Der erst die That gebeut und dann sie straft;
Denn das bekenn' ich, daß ich sie gebot.
Ich hab' das Leben lieb, doch eh' ich mir's
Durch solchen Vorwurf Tag für Tag verkümmre,
Werf' ich's auf einmal von mir. Nehmt es hin!

Brunhild.

Nicht also, Gunther. Diese Regung acht' ich;
Doch wozu frommte mir dein Blut? Es würde,

Verschüttet ich's, den dürren Sommerstaub
Zu meinen Füßen sätt'gen, nicht mein Herz,
Und nimmer wüsch' es mich vom Makel rein.
Denn nach der Kränkung, die die Schuld uns schuf,
Wägt sich die Buße. Und da uns denn doch
Ein finstrer Geist die Lippen löst, daß wir
Das Letzte sagen, keiner Scheu gedenk,
So hehl' ich's nimmer: Was ich litt, ist mehr,
Als du mir zu bereiten je vermocht.

Gunther.

Beim Thor, du sprichst befremdlich —

Brunhild.

Nur wahrhaftig:
Bekenntnis wäg' ich mit Bekenntnis auf.
Was du mir anthatst, o, ein Frevel war's,
Ratlose Wildheit konnt' ihn blöder nicht,
Nicht blinder üben. Doch aus deinem Sinn,
Wie ich dich jetzt erkannt, begreif' ich ihn;
Du konntest mich beflecken, nicht erniedern.
Doch er, der in der flügelstolzen Seele
Das Maß der meinen trug, mit dem ich einst
Im Kelch der Jugendlust den Schaum geteilt —

Daß er zum schnöden Werkzeug dir sich lieh,
O das, das traf, das zehrt im Innern hier
Wie fressend Feuer! — Er, der tannengleich
Aus eurer Nebeldumpfheit seinen Wipfel
Ins Licht der Ehre streckte, der —

Gunther.

Halt ein! —
Dich macht dein Haß ja sehr beredt im Lob.

Brunhild.

Man haßt nur das, was man als groß geehrt.

Gunther.

Verflucht denn Schonung, die Mißachtung birgt!
So sind wohl wir für deinen Grimm zu klein?

Brunhild.

Das sprachst du selber, mein Gemahl, nicht ich.
Ich heischte Siegfrieds Tod nur, nicht den deinen.

Gunther.

Ja, weil sein Blut von echterem Rubin
Dir dünkt, wie mein's, weil du von ihm ein Bild
Im Herzen trägst, das, wie es mich verdunkelt,
Zu heißrer Wollust deine Rache lockt.
O tief in deine Seele schau' ich nun

Und sehe drin in allen Winkeln schlafend
Halbfertiger Sünden ungeborne Brut —
Du hättest ihn, wenn dieses Schicksal ausblieb,
Geheim auf deiner Wünsche Thron gesetzt
Und zu ihm aufgeglüht in wilder Sehnsucht,
So wie du jetzt ihn zu vernichten brennst.
Doch bei den Göttern, eh' ich diesen Vorzug
Ihm neide, könnt' ich — o, mein Haupt wird irr,
Und Haß und Freundschaft schaun wie Zwillingsbrüder,
Daß ich sie nicht mehr scheide! —

Brunhild.

Komm zum Schluß!
Was soll geschehn?

Gunther.

Beim Thor! Gewogen war's;
Allein mir deucht, die Schalen zeigten falsch.
Noch einmal wäg' ich's.

Brunhild.

Thu's, doch thu's zur Stelle;
Denn kein Gespräch, wie dies, ertrüg' ich mehr.

(Gunther geht gegen den Hintergrund.)

Hagen.

Er schwankt — du hast's errungen, Königin.

Du sprachst ein Wort, vielleicht unwollend nur,
Das ihm das Herz im Busen umgewendet.
Was dir die Freundschaft niemals zugestanden,
Die Eifersucht, hab' acht, gewährt es dir.

Brunhild.

O welch Geschlecht! Vergebt, ihr hohen Götter,
Ihr meine Ahnen dort in Asgards Burg,
Daß ich mit diesen handle! Doch ihr wißt's:
Ich muß ans Ziel, gleichviel auf welchem Pfad.

(Da Gunther sich wieder genähert hat.)

Nun, mein Gemahl, ist dein Beschluß gefaßt?

Gunther.

Gewaltsam drängst du mich, entsetzlich Weib!
Doch wenn er's wäre, wer vollbrächt' ihn!

Hagen.

Ich.

Gunther.

Du wolltest? —

Hagen.

Ja. Und sonder Aufschub, Herr,
Dafern dein Sinn grabaus geht, wie der meine.
Denn günstige Gestirnung winkt uns heut.

Du haft die Jagd beftellt. Der finftre Wald
Gibt Raum zur That und Anlaß, und verhüllt
In rätfelhaftes Dunkel ihre Schrecken.
Wir treffen's nimmer beffer. Drum, fo dir's
Genehm ift, braucht es keines Auftrags mehr.
Nur, fo du's nicht willft, fprich ein klares Nein.

(Ein Kämmerer, Bogen, Speer und Mantel in den Händen tragend, tritt im
Hintergrund auf und geht quer durch den Saal in Gunthers Gemach.)

Brunhild.

Dein Weidgerät!

Hagen.

Befiehl!

Brunhild.

Ja oder nein?

Gunther

(zögert einen Augenblick; er fcheint mit fich felbft zu kämpfen; dann folgt er,
ohne zu reden, dem Kämmerer in die Pforte zur Rechten).

Hagen.

Kein Wort! — Dies Schweigen, Siegfried, ift dein Tod.
Die Würfel liegen. Königin, du fiehft
Mich wieder, wenn's vollbracht ift, oder nie.

(Ab.)

Brunhild (allein).

Geh deinen Gang, Verderber! Triff ihn gut!

Triff ihn ins Herz, wie er mich traf! Mein Leben
Ist qualvoll Warten, bis das Opfer liegt.
Und dann? — Was dann? — Nicht weiß ich's, will's
nicht wissen —
Ich weiß nur eins: Sein Haupt muß in den Staub!
Das andre fügt, ihr schonungslosen Götter,
Wie's eurem Sinn gefällt! Was kümmert's mich?

(Ab.)

Verwandlung.

Chriemhildens Gemach. Im Hintergrunde eine breite Pforte, die auf einen offenen Altan führt. Ueber die Brüstung desselben ragen die Wipfel der im Burgzwinger stehenden Bäume empor; zwischen dem Altan und dem Zwinger wird seitwärts eine Verbindung durch Stufen angenommen. Vorne zur Linken ein Webstuhl, in dem ein Teppich eingespannt ist; rechts ein breites Fenster, daneben ein Schrein mit Krügen, Trinkhörnern und sonstigem Geräte.

Vierter Auftritt.

Chriemhild. Bald darauf Gerda.

Chriemhild
(am Webstuhl stehend).

Nun magst du ruhn für heut, mein Weberschiff.

In wenig Tagen kann das Bild im Teppich

Vollendet sein. Und nun, wie anders doch,

Als mir's im Sinn einst schwebte, sieht es fertig

Mich an! — So weben wir am Leben auch,

Und anders wird es, ach, als wir gemeint.

Nach goldnen Fäden wähnen wir zu greifen,

Und eine Macht, die wir nicht kennen, tauscht

Sie unter Händen uns mit dunkeln aus.

Erst wenn's zu spät zum Aendern, merken wir
Den Irrtum —

                    Horch, ein Schritt!

(Gerda tritt auf über den Altan.)

Chriemhild.

                              Du bist es, Gerda?
Ich dachte, Siegfried wär's — Wo bleibt er nur?

Gerda.

Gleich wird er bei dir sein. Ich sah ihn eben
Im Hof, wo er den Hengst sich schirren läßt;
Da kreischt es rings von Falken, bellt's von Hunden.
Die Fürsten wollen auf die Jagd hinaus.

Chriemhild.

Du sahst ihn? Schien er wohlgemut?

Gerda.

                              Er lachte,
Und rief: „Bestell' mir einen Becher Weins,
Doch einen großen; frohes Herz macht Durst;
Ich will noch Abschied trinken, eh' ich reite."

Chriemhild (schmerzlich).

Er scherzt und will hinaus.

Gerda.

Verwundert's dich?
Ist doch der Tag zum Weidwerk wie geschaffen,
So frisch und sonnenklar! — Doch du bist bleich;
Was fehlt dir, Herrin?

Chriemhild.

Nichts — ich bin ein Kind;
Unruhig schlief ich diese Nacht. Nun wallt
Mein Blut, und ängstigt mich mit böser Ahnung.
Es wird vorübergehn.

Gerda
(ist an den Webstuhl getreten).

Ei, wie du fleißig
Gewesen bist! Wie prächtig hebt sich schon
Vom dunkeln Grund dein farbig Bildwerk ab!
Ja wohl, das ist die Leichenfeier Balders,
Des lichten Asgardsohnes. Jegliche
Gestalt ist kenntlich: hier, wie Silber bleich,
Der Gott auf seines Scheiterhaufens Decken;
Hier Nanna, sein Gemahl, im goldnen Haar
Dir selber ähnlich, und im Kreis die Asen,
Der ganze Reigen, tief in Leid gehüllt. —
Wie brachtest du's so herrlich nur zu stand?

Chriemhild.

Weiß ich's? Halb fann ich's aus, halb wuchs es so.

Gerda.

Mir beucht, was ich als Kind vom frühen Tod
Des schönen Gottes singen hört', hier ist's
Lebendig worden, und mit Schauern riefelt
Das alte Lied mir wieder durchs Gemüt.
Du weißt, Frau Ute summt' es oft uns vor.

Chriemhild.

Den ganzen Morgen lag's mir schon im Sinn.

„Da trugen Trauer
Götter und Menschen,
Daß nun ihr Liebling,
Der lichte, schiede."

Gerda.

„Wie Bronnen brach es
Aus Felsenbrüften,
Und alle weinten
Um Balders Tod."

Chriemhild (ausbrechend).

So wird die Welt um Siegfried weinen, Gerda!

Gerda.

Was sagst du, Herrin! Hält dein kunstreich Werk
Dir so den Sinn bezwungen, daß du's schon
Vom eignen Schicksal nicht mehr scheiden magst?
Fürwahr, das lange Sinnen bei der Arbeit,
Das stille Brüten hat dich krank gemacht.
Doch auf den Stufen hör' ich schon den Schritt
Des lieben Arztes, der von dieser Schwermut
Dich heilen wird. Dem laß' ich dich. Den Becher
Nur rüst' ich eilig noch, den er verlangt.

Sie nimmt Krug und Trinkhorn aus dem Schreine, stellt sie auf die Tafel
und geht seitwärts ab, während sich Chriemhild dem durch den Haupt=
eingang austretenden Siegfried entgegenwendet.)

Fünfter Auftritt.

Chriemhild. Siegfried.

Chriemhild.

O fühl' ich endlich dich an meiner Brust,
In meinen Armen, fühle, wie das Leben
In warmem Strom durch deine Adern pocht!

Dank, Dank den Göttern! Ach, vermöcht' ich so
Dich stets zu halten!

Siegfried.

Wie du glühst, mein Herz!
Und so bewegt! Zu spät wohl kam ich dir.
Doch sieh! Luft braucht der Mann, und thät' ich ganz
Den Willen dir, du schlössest mich — ich wette —
Noch zu den Mägden in dein Fraungemach,
Und lehrtest mit der Kunkel mich mein Tagwerk
Bestellen. Traun, das gäb' ein artig Lied:
„Wie Siegfried, der vordem den Drachen schlug,
Am Rocken saß und spann." — Was meinst du, Schatz?

Chriemhild.

Ich kann nicht lachen. Felsenschwer liegt's auf mir,
Und all dein Scherzen scherzt die Last nicht fort —
O Siegfried, ich vergeh' in Angst um dich!

Siegfried.

Um mich? Ei, Herz, wo träumst du denn Gefahr?
Was kann dich ängsten?

Chriemhild.

Alles, Siegfried, alles.
Seit mir das unglückfel'ge Wort entflohn,

Du weißt, das Brunhilds Grimm gereizt, entwich
Die Ruh' aus meiner Seele. Jeder Laut,
Ein fallend Schwert, ein Hufschlag schreckt mich schon;
Aus jeder Pforte, die sich öffnet, muß
Ein Unheil treten, mein' ich; jedes Dunkel
Verbirgt geheimes Schrecknis. — O, ihr Blick,
Der letzte, den sie mir herüberschoß,
Sprach mehr, als Worte je gedroht. Dies Auge
Glimmt wie ein Feuer im Gedächtnis mir,
Und sengt, zu Nacht ob meinem Lager schwebend,
Den Schlaf von meiner Wimper fort — O Siegfried,
Sie brüten Rache. Hüte, hüte dich!

Siegfried.

Wenn dich nichts anders drückt, sei ruhig, Herz.
Das ist's ja grade, was mich heut so froh macht,
Daß dieser Haber, der auch mir ein Dorn
Im Fleisch war, völlig nun geschlichtet liegt.
Dein Bruder Gunther bot so treu und herzlich,
Daß tief mich's rührte, selbst die Hand dazu,
Und fester steht, denn jemals, unsre Freundschaft.

Chriemhild.

Trau nicht auf dieser Freundschaft dünnes Eis!
Es lockt und gleißt, und dann urplötzlich reißt sich

Der Abgrund unter deinen Füßen auf!
Verzeihn es mir die Götter, wenn ich unrecht
Den Meinen thue! — Doch mir sagt mein Herz:
Sie täuschen dich —

Siegfried.

Nein, Chriemhild, sprich nicht so,
Zur selben Stunde nicht, da fast beschämend
Sich Gunthers hoher Sinn an mir erwies.
Verbrechen ist's. Und wahrlich, lieber läg' ich
Ja schon im sonnenlosen Hügelgrund
Ein Toter eingescharrt, als daß ich nicht
An meiner Freunde Treue glauben sollte!
Was ist ein Leben wert noch, wo der Mann
Dem Manne nicht mehr traut! — Hinweg damit! —
Gib mir den Becher, daß ich aus der Seele
Den trüben Duft mir spülen mag. Gleich wird
Man blasen —

Chriemhild.

Siegfried, geh heut nicht zur Jagd!
Geh nicht zur Jagd! Thu's mir zulieb.

Siegfried.

Ei, Schatz!
Soll ich denn wirklich spinnen?

Geibel, Brunhild.   9

Chriemhild.

Lache nur!

Verspotte mich, thu was du willst, nur bleib!
Bleib heim um meiner Aengste willen, Siegfried!
Nur heute! — Sieh, mir war's zu Nacht im Traum,
Zwei Berge stürzten, und begrüben dich;
Und wieder, Siegfried, sah ich einen Hirsch
Von goldner Farbe durch das Dickicht ziehn,
Und plötzlich fiel ein wütend Eberpaar
Von hinten über ihn, und schlug die Hauer
In seine Weichen, gräßlich, daß das Blut
In roten Bächen auf den Rasen schoß —
Der Hirsch warst du!

Siegfried.

Wohin verlierst du dich!
Du bebst vor Schatten, die die eigne Furcht
Im Schlummer über deine Seele warf —
Glaub mir, es wohnt kein Sinn in diesen Bildern.

Chriemhild.

O sprich nicht so! Die Götter haben oft
In Träumen schon zu unserm Stamm geredet,
Und manche Warnung kam uns im Gesicht.

Doch nicht zu streiten lüstet mich. Ich will
Nur bitten. — Gilt mein Glaub' als Thorheit dir,
So sei denn thöricht, weil dein Weib dich anfleht!
Sei thöricht, einmal nur!

Siegfried.

Laß ab! Sieh — dir
Zuliebe blieb' ich wohl, allein ich darf's nicht.
Denn diese Jagd war Gunthers Wunsch. Gemeinsam
Zum erstenmale wieder ziehn wir aus.
Er hat mein Wort. Was dächt' er, käm' ich nicht!

(Er ergreift den Becher und trinkt.)

Auf frohe Heimkehr!

Chriemhild.

O wie fühl' ich's nun,
Was ich der Mutter oft nicht glauben wollte!
Ein ewig Bangen ist der Frauen Los;
Und, ach, je herrlicher es sonst uns zufiel,
Mit so viel herbrer Sorge haben wir's,
Mit so viel heißern Thränen zu erkaufen!
Denn nimmer gönnt euch hohen Helden ja
Der stolze Sinn, der unsrer Not nicht achtet,
Windstiller Tage Glück.

Siegfried.

Mag denn der Aar
Vom Fluge lassen, eh' die Schwing' ihm brach?
Nicht Siegfried wär' ich, könnt' ich jetzt schon ruhn. —
Doch auch die Zeit wird kommen, und fürwahr,
Dereinst, nach fünfzig Jahren, träum' ich's mir
Unlieblich nicht, mit dir die Rast zu teilen.
Ja, Herz, dann wird die Welt uns anders anschaun;
Dann sind wir beide grau, und wo die Rosen
Jetzt prangen, stehn ehrwürd'ge Falten dir
Im lieben Antlitz —

Chriemhild.

Welch ein Märchen webst du!

Siegfried.

Traun, gern gedenk' ich, wie in hoher Halle
Uns dann der Abend nahn wird, wenn der Sturm
Die Flocken sausend an das Fenster treibt.
Du aber sitzest, wo die Lohe flackert,
Am Herd auf buntgeschnitztem Drachenstuhl;
Rings um dich her die Mägd'; und wie dein Auge
Im Kreise waltet, tanzt die Spindel rascher
Und wie beflügelt springt das Weberschiff.

Da lockt auch mich, am Stab, doch fest noch schreitend,
Des Feuers Glanz heran; es bringt der Schenk
Das Trinkhorn, und beim Nachtmahl plaudern wir
Von unsern Söhnen, die auf Heldenfahrt
Hinaus sind —

Chriemhild.

Siegfried, liebster Mann!

Siegfried.

Ei, laß mich!
Das Lieblichste verschwieg ich noch; denn sieh,
Nun kommt die Tochter auch, ein stattlich Weib,
Und hebt vom Busen, wo er warm sich dehnte,
Den jüngsten Enkel dir empor, der tastend
Den gülbnen Reif auf deiner Stirne sucht.
Du aber schaust ihn lang rücksinnend an;
Denn aus des Säuglings großen Augen lächelt
Dir Siegfrieds Jugend. — Und du drückst ihn fester,
Und segnest ihn: Sei glücklich, wie dein Ahn!

(Hörner draußen.)

Chriemhild (schrickt zusammen).

Die Hörner — oh —

Siegfried.

Wie mag ihr heller Klang

Dich schrecken! Ruft er doch aus ferner Dämmrung
Uns in die sonn'ge Gegenwart zurück.
Noch einen Kuß denn, süßes Weib, und laß
Mit ihm so heiter, wie ich kam, mich scheiden.

Chriemhild (mühsam gefaßt).

Sei's denn. Fahrwohl! Mein Herz wird bei dir sein!
(Siegfried geht bis zur Schwelle. In diesem Augenblick ruft Chriemhild ihm
nach, und stürzt ihm noch einmal um den Hals.)

Siegfried!
Noch einmal muß ich dir ins Auge schaun,
Tief, tief hinein! — O, wenn ich dich verlöre!
Mein Held! Mein Hort!

Siegfried.

Laß gut sein, Kind. Mein Los
Liegt glänzend auf des Göttervaters Knieen;
Ich fühl's, mich trägt sein Hauch. Und so fahrwohl!
(Geht rasch ab.)

Chriemhild.

Er geht! — O, niemals war ich so betrübt,
So ganz erdrückt von Sorge. — Wäre nur
Der Tag vorüber erst! — Ich will ans Werk,
Die Zeit zu täuschen —
(Tritt an den Webstuhl.)

Arme, arme Nanna!

Wie fühl' ich heut dein Leid, als wär' es meins!

Da trugen Trauer

Götter und Menschen, —

(Hörner draußen.)

Chriemhild (stürzt ans Fenster)

Siegfried! Siegfried!

(Bricht zusammen.)

(Der Vorhang fällt.)

———————

Fünfter Aufzug.

———

Burghof zu Worms; ein weiter Raum, im Hintergrunde durch eine Mauer geschlossen. Links in dieser Mauer ein breites Thor, über welchem sich ein Turm erhebt. Zu beiden Seiten des Hofes vorspringende Flügel des Königsschlosses, zu deren Pforten Treppen aufsteigen. — Es ist Nacht; über der Mauer ist der sich zum Untergang neigende Mond noch sichtbar.

Erster Auftritt.

Volker. Hunold, später Sigrun.

Volker.

Beim Wodan! Hätt' ich nicht im Sachsenkrieg
Dich stets voran gesehn: ich müßte denken,
Du hättest Furcht, Gesell.

Hunold.

   Hau' auf mich ein,
Und blinz' ich mit der Wimper, schilt mich feig.
Doch sieh, vor diesem Zauberweibe graut mir,
Und wie sie eben durch den Pfeilergang
Gewänder schleppend, Wehgesänge murmelnd

An mir vorüberschritt, langsam, daß ich
Im Mondlicht ihr verglastes Auge sah —
Da faßte mich ein jach Entsetzen an,
Und trieb mich her zu dir.

Volker.

                    Ich will hinauf,
Sie heimzuschicken.

Hunold.

        Spar' es dir. Da ist sie.
(Sigrun erscheint im Hintergrunde links.)

Sigrun.

Hinab, hinab, du fahler Mond! Was säumst du,
Glutauge, noch am Waldeshang? Hinab!
Im Haus des Todes muß es finster sein.

Volker.

Was treibst du hier bei Nacht? Geh schlafen, Weib!

Sigrun.

Die Blinden schlafen, schlaflos sind die Schauenden.
Mein Werk bestellen muß ich. Stör' mich nicht!

Volker.

Dein Werk?

Sigrun.

Zu schauen, was die Norne webt,
Mir selbst zur Qual, denn keine Warnung frommt mehr.

Volker.

Du sprichst, als droht' uns nahes Mißgeschick.

Sigrun.

Das droht nicht mehr, was schon vollendet ward.

Volker.

So rede, was?

Sigrun.

Die Wolke deckt es zu,
Wie du mich ansprichst. — Nein, weh mir! Noch einmal
Zerrinnt der Nebel, und aufs neue taucht's
Empor — da — da!

Volker.

Was siehst du?

Sigrun.

Tief im Forst
Ein gräßlich Weidwerk. Minne sann es aus,
Und Haß bestellt es mit verruchtem Stahl.
Weh, wie vom frischen Blut die Erde raucht!

Volker.

In dunklen Worten rasest du. Sprich klar!

Sigrun.

Halt mich nicht auf! Zur Herrin treibt's mich fort;
Doch ob ich rase, lehrt noch diese Stunde.
Vom Wald herüber fliegt der Rabe schon,
Und das Entsetzen pocht ans Thor. Fahrwohl!

(Sie schreitet vorüber.)

Volker.

Mir graust. — Wo blieb sie?

Hunold.

Auf den Stiegen wallt sie
Zu Brunhilds Kammern.

(Pochen am Thor.)

Horch, da pocht's!

Giselhers Stimme (draußen).

Macht auf!

Macht auf!

Volker.

Die Stimme kenn' ich. Giselher!

(Volker öffnet das Thor. Giselher stürzt herein.)

Zweiter Auftritt.

Volker. Giselher. Hunold. später sechs Männer mit der Leiche
Siegfrieds.

Giselher.

O Volker, Volker!

Volker.

Sprich, was ist? Du schwankst;
Dein Atem fliegt und deine Stimme zittert —
Was gibt's?

Giselher.

O Frevel, Frevel unerhört!
Unsagbar Weh! — Wie soll ich dir's verkünden!
Auch du hast ihn geliebt —

Volker.

Du ängstigst mich.
Kein Leid betraf den König doch?

Giselher.

Nicht ihn.
Doch er, der unser aller Liebling war —
O Jammer!

Volker.

Siegfried? Was geschah ihm? Rede!

Giselher.

Erschlagen liegt er, gräßlich hingewürgt!

Volker.

Erschlagen?! —

Giselher.

Faß' es, wenn du kannst. Ich sah ihn,
Und faß' es doch nicht. Noch vor wenig Stunden
So schön, so stark, so froh! Und nun dahin!
Ach, glauben konnt' ich's nicht, da sie ihn brachten.
Ich warf mich über ihn, an seinem Mund,
An seinem Herzen lauscht' ich atemlos.
O, einen Hauch, der keinen Flaum bewegt,
Hätt' ich gespürt, den Schatten eines Pulses —
Umsonst! Umsonst! Das Schreckliche blieb wahr.
Da sind sie schon — Sieh's an mit eignen Augen! —

(Siegfrieds Leiche ist auf einer Bahre gebracht worden; diese wird jetzt vor
den Stufen zur Linken niedergelassen. Bei ihr zwei Fackeln, die jedoch den
Raum nur schwach erhellen.)

Volker.

Entsetzlich! Wer verübte dieses Greul?

Giselher.

Wir wissen's nicht. Geschah's durch Räuberhand?
War's ein verborgner Feind? Im Blute schwimmend
Am Lindenbrunnen fand ihn Hagen auf.

Volker.

Hagen? — O all ihr Ew'gen! — Nein, das that
Kein Räuber. Wehe, Wehe diesem Haus!

Dritter Auftritt.

Die Vorigen. Chriemhild erscheint oben an der Pforte zur Linten,
mit ihr **Gerda.**

Chriemhild.

Im Hofe Fackelschein und Weheruf —
Laß mich hinab!

Gerda (will sie zurückhalten).

Herrin! —

Giselher.

Zurück, Chriemhilde!
Bei allen Göttern, geh zurück! Hier ist,
Was du nicht schaun darfst.

Chriemhild.

Haltet mich nicht auf!

Gerda.

Ein Toter, Herrin —

Chriemhild (hinabsteigend).

Fort! Ich weiß es ja,
Er ist's! — O Siegfried, Siegfried, mein Gemahl!

(Stürzt bewußtlos über Siegfrieds Leiche.)

Giselher.

O rettet, rettet, helft! Die Schwester stirbt!

Vierter Auftritt.

Die Vorigen. Gunther und **Hagen** treten auf durch das Burgthor,
hinter ihnen ein zahlreiches Jagdgefolge mit vielen Fackeln. Alles wird hell.

Volker.

Zu welchem Jammeranblick nahst du, Fürst!
Dein edler Schwäher tot, und neben ihm
Vor jähem Schrecken leblos deine Schwester.

Gunther.

Unglücklich Weib! Wer sagt' es ihr so früh?

Volker.

Sie kam und sah's, und brach im Schmerz zusammen.

Giselher.

Sie regt sich —

Gunther.

Chriemhild, auf! Ermanne dich!
Wirf diese Starrheit ab! Vernimm die Stimme
Des Bruders, welcher deinen Jammer ehrt.
Wach auf!

Chriemhild.

O laßt mich! Laßt mich! Weh, dies Licht
Ist zu erbarmungslos — Komm wieder, Nacht,
Und hüll' in Dunkel meines Glückes Trümmer!
O diese Züge, drauf zu tausendmalen
Das Wort der Lieb' ich las, und nie genug;
Die Lippen, die noch gestern mich geküßt,
Tot, tot, unwiederbringlich! — o das ist
Der alte Neid der Götter, der kein Hohes
Erträgt, und das Gemeine nur verschont!
Der Hirsch im Forste kehrt zu seiner Hindin,
Und du bist tot! Der Bettler, der kein Weib hat,
Der stumpfe Knecht, der ein verhaßtes Dasein

Durch Mühfal hinschleppt, lebt, und du bist tot,
Tot, weil du groß und schön und glücklich warst!

Gunther (zu Hagen).

Mensch, dieser Jammer kehrt das Herz mir um.

Chriemhild.

Und wärst du, wie es Helden ziemt, gefallen,
Wo der Walküre Flügel töblich rauscht!
Es wär' ein Trost — Doch nein, sie brachten dich
Nicht heim vom Walfeld auf zerhau'nem Schild,
Verhüllt in Siegeskränze deine Wunden —
So gnädig konnten sie's nicht fügen — Nein,
Lichtscheuer Mord, der noch sein Opfer schändet,
Sprang hinterrücks dich an; im Waldesdunkel
Kampflos und ruhmlos wurdest du erwürgt!
Und, o, von wem! —

Gunther.

　　Wir klagen mit dir, Schwester,
Ein unerklärlich Mißgeschick —

Chriemhild.

　　　Du lügst!
Hier ist kein Mißgeschick, hier ist ein Frevel!
Hellsehend macht der Jammer, nur das Glück

Ist blind. Du hast um diese That gewußt!
Wo nicht,
Sprich nein! Heb' deine Hand auf, und sprich: Nein!

Gunther.

Chriemhilde —

Chriemhild.

Sieh, du kannst es nicht; du möchtest
Jetzt einen Meineid schwören, doch die Lippe
Versagt dir. — Sieh, dort tritt auch er heran,
Der Finstre mit der roten Hand. Noch dampft
Von ihm der Blutgeruch. Hinweg, Verfluchter!
Des Leichnams Wunden brechen strömend auf,
Und zeugen, Scheusal, du erschlugest ihn!

Gunther.

In welches Irrsal —

Hagen.

Nicht also, mein Fürst!
Wozu verleugnen, was auf dieses Haupt
Ich furchtlos nehme? — Ja, du sagst es, Frau,
Ich hab's gethan. Die Minne wollt' er trinken;
Am Lindenborn hab' ich ihm eingeschenkt.

Chriemhild.

So sei verflucht vom Wirbel bis zur Sohle!
Ja, wirf die Stirn zurück nur, trotze nur,
Dein Trotz soll Angst noch werden, Wüterich!
Es kommt die Stunde, da wir Rechnung halten.
Und wähne nicht, ich sei ein schwaches Weib!
Das war ich, bis du mich zur Witwe machtest;
Jetzt aber bin ich stark in meinem Schmerz,
Unüberwindlich — O, mein Aug' ist trocken,
Doch innen wein' ich, innen, und der Strom
Der heißen Thränen, rückwärts sich ergießend,
Fällt auf mein Herz, und härtet seinen Grimm,
Wie sich in Wasser glühend Eisen stählt.
Du wirst ihm nicht entrinnen; und so wahr
Du meiner kein Erbarmen trugst, hier schwör' ich's:
Ich will einst lachen, wenn dein Haupt mir fällt!

(Sie ergreift Siegfrieds Schwert, schwingt es wie zur Drohung gegen Hagen
und bleibt später, in Rachebrüten versunken, auf dasselbe gestützt stehen.)

Hagen.

Dein Dräuen schreckt mich nicht. Ich wußt' es ja,
Daß du mich um die That nicht segnen würdest:
Doch that ich nur, was mir die Pflicht gebot.
Beschimpft war meine Königin; ich habe

Die Schmach mit Blut getilgt. — Sieh hin, da naht sie
Erhabnen Hauptes wieder, wie sie darf.

Chriemhild.

Sie soll's noch beugen lernen, schwör' ich dir.

Fünfter Auftritt.

Die Vorigen. Brunhild, die bereits während der letzten Reden oben
vor der Pforte zur Rechten erschienen ist, steigt in den Burghof herab. Ihr
folgt **Sigrun.**

Hagen.

Gebt Raum der Fürstin!

Brunhild.

Jetzt, ihr Götter, laßt
Den vollen Kelch des Sieges noch mich leeren!
Dann komme was da will!

(Sie tritt an die Leiche.)

Ha, stolzer Mann,
Lernst du nun Demut? Hat die Norne dich
Nun selbst gebändigt, Jungfraunbändiger?
Du liebst ja sonst die dunkeln Brautgemächer,

Bift bu geftillt nun, ba baß bunkelfte
Sich vor bir aufthut? Traun, wir taufchten jetzt
Die Lofe wieder auß — Nun liegft bu hier,
Ein fchmählich Bilb von geftern, mir zu Füßen,
Staub bei bem Staub, unb fiegreich über bir
Frohlock' ich unb —

     O Lüge! Lüge! Lüge!
Ich trag' es nicht. — Verflucht bie Lippe, bie
So troftloß prahlen wollte! Hier ift nichts,
Nichts, nichts, alß grenzenlofes Weh! Denn ich
Hab' bich getötet! — Wie? Habt ihr's gehört,
Unb regt euch noch? Hat euch Entfetzen nicht
Zu Stein verwanbelt? Steht baß Herz ber Welt
Nicht fchaubernb ftill, baß mir bie Götter baß
Verhängen konnten? — Ich hab' ihn getötet!
O, wenn baß Leib einft aller Sterblichen
Gewogen wirb, zu Bergen aufgetürmt,
So werf' ich in bie anbre Schale nur
Dies e i n e Wort, unb jene Berge fchnellen
Hochauf wie Flammen, unb im Reich bes Jammers
Wirb niemanb Krone tragen außer mir!

     Gunther.
Mir graut. Zur Riefin wächft fie, wie fie klagt.

Brunhild.

Es war ein Tag, da hätt' ich froh mein Leben
Gegeben, einmal nur die heiße Stirn
An dieser Brust zu ruhn. Und nun — seht her! —
Nun klafft hier, bis ans Herz hinabgegraben,
Der gräßlich stumme Brunn, und quillt, und quillt
Von schwarzem Blut — und das hab' ich gethan!
Ach, nicht wie ihr, in blindem Unverstand!
Nein, nein, ich wußte, was ich that, und mußt'
Es dennoch thun. — Was war denn Siegfried euch?
Ein Götterbild für dumpfe Maulwurfsinne!
Ich aber kannt' ihn — O, die Lust der Welt
Ist hin mit ihm, und alle Herrlichkeit
Spurlos verweht! Nun kehrt die Sonne selbst
Ihr Antlitz von der thatenlosen Erde,
Und birgt ihr strahlend Aug' auf immerdar
In Finsterniß; denn e r , für den sie schien,
Ihr schöner Liebling ist nicht mehr zu finden,
Und keines Blickes wert, was übrig blieb!

Gunther.

O mäß'ge dich! Hör' auf —

Brunhild.

Ich will von Maß

Nichts wissen. Lang genug verschloß ich schon
Mein selig lobernd Unheil in der Bruft;
Doch endlich, endlich, wie der Feuerstrom
Aus Heklas Busen, wallt's, und schwillt, und bricht
Sich Bahn gewaltsam, und ich halt' es nicht.
Ja, wißt es alle: diesen Mann hab' ich
Geliebt! Von Anfang ihn, und keinen sonst!
Hab' ihn geliebt troß Schicksalsschluß und Sternen,
Und wohl zermalmen können mich die Götter,
Doch meine Lieb' entreißen sie mir nicht!

Gunther.

Um deine Ehre —

Brunhild.

Ehre? Meine Ehre
Ist, daß ich dieses Toten würdig sei,
Und nur mit ihm noch hab' ich's, nicht mit euch.

(Wendet sich wieder zu Siegfried.)

O, sieh so wild nicht aus den blut'gen Locken,
So starr mich an! Wie gern, hulbloser Freund,
Wie gerne hält' ich sanfter dich gebettet!
Doch du, du wehrteft mir, und rissest selbst,
Du selbst aus Wolken dies Geschick herab.
O, schrecklicher, als dich der scharfe Strahl,

Traf mich dein Trug, und was ich litt durch dich,
War mehr als Tod. — Doch sieh, nun ist's gesühnt;
Und Liebe, die so lang vom Haß das Antlitz
Geborgt, naht dir in eigner Bildung nun,
Und schmilzt entwaffnet hin.   O deine Hand!
Daß ich in heißen Thränen meine Seele
Darauf hinweinen mag!

Chriemhild.

Hinweg von ihm!
Zu lange trug ich schon dies Gaukelspiel,
Mit dem du, Wölfin, noch im Tod ihn schmähst.
Hinweg, hinweg! Sein Weib gebeut es dir,
Sein Weib, das dich verflucht!

Giselher.

O Schwester Chriemhild,
Sieh ihren Schmerz, sieh unsern an! Wohnt denn
In solcher Trauer keine Sühnung?

Chriemhild.

Keine.
Die Welt ist gnadenlos, ich ward es auch.
Zurück noch einmal, Weib!

Brunhild.

Uebst du so streng
Die Leichenwache, Unerbittliche?
Sei's drum. Den letzten armen Liebesgruß,
Den Druck der kalten Hand magst du mir wehren,
Doch meinen Willen hältst du nimmer auf;
Denn stark ist, wie die Götter selbst, die Sehnsucht.
O Siegfried, Siegfried, was vermag mich noch
Von dir zu scheiden! Nein, nicht mehr im Staub
                                   hier,
Dem nur was sterblich eignet, such' ich dich.
Es gibt ein Reich, ein stilles, wo kein Bund
Den andern ausschließt, weil dort Lieb' und Haß
In göttlichem Erkennen untergehn,
Und alles Große sich gehört. — O dort,
In heil'ger Dämmrung bei den hohen Schatten,
Dort bist du mein, Geliebter! — Horch, mir ist,
Aus dunkler Ferne hör' ich deinen Ruf,
Und wie von Flügeln rauscht es um mich her.
Willst du mich grüßen, oder zürnst du schon
Voll Ungeduld, daß ich hier müßig klage,
Anstatt zu thun, was einzig mir geziemt?
Wohlan, du sollst nicht harren! Gib den Stahl! —

Durch Blut und Flammen führt der Pfad hinaus,
Du gingst voran, ich folge —

(Sie durchsticht sich mit Siegfrieds Dolch.)

Nimm mich auf!

Gunther.

Halt' ein, Unsel'ge! — Weh, zu spät!

Chriemhild.

Fahrhin,

Ein Opfer sparst du mir; doch mehr sind not.
Und kein's soll fehlen. Das ist meine Treue.

Gunther

(über Brunhilds Leiche gebeugt).

O Tod, wie schwelgst du heut in edlem Blut!
Auch du dahin, du mit der Adlerseele,
Mein stolzes, wildes, königliches Weib!
So jung, so schön, und ewig glücklos doch!
Weh, weh um dich!

Sigrun.

Was klagt ihr um die Toten,
Die ihr beneiden solltet! Gnädig hob
Aus allem Wirrsal sie ein Gott empor,
Und ihr gereinigt Los empfängt das Lied.
Nein, klagt um euch! Denn über eure Häupter

Hängt unerfüllt noch, wie Gewitterlast,
Der Fluch herab. —

(Glühendes Morgenrot am Himmel.)

Ha, seht, o seht, wie's dort
Im Osten düsterrot empor sich wälzt!
Im Wolkenbrande kommt das Bild der Zukunft —

(in prophetischer Begeisterung)

Ha, welch ein Fest! Durch umgestürzte Becher rast
Der Todesreigen.   Hört ihr nicht den Schwertgesang?
In Feuerflammen steht der Saal, hoch türmen sich
Die Leichen, an den Wänden schwillt das Blut hinan,
Und kein Entrinnen, nirgends, keine Flucht! — Und nun
Wird's totenstill.   Geschnitten liegt die ganze Saat.
Nur eine wandelt riesig noch durchs Haus des Mords,
Das Schwert geschultert, blutbetrieft.   Sie hält am Haar
Ein abgeschlagnes, kronumreiftes Haupt empor,
Und zeigt's dem Letzten, der von allen übrig blieb.
Nun schlingt auch die der rote Strom. — Weh über euch!
Das ist der Nibelungen Not und Untergang!

Hagen.

Sei's drum.   Ich denk', als Männer tragen wir auch das.

(Der Vorhang fällt.)

Anhang.

Die Schlußscene des ersten Aufzugs wurde vom Verfasser für
die Aufführung in nachstehender Weise verändert:

Gunther. Siegfried.

Siegfried.

Was gibt es, Schwager? Lust'ger Hörnerschall
Erklang vom Schloßhof. Naht' ein Gast vielleicht?

Gunther.

Die Fürstin zieht zur Jagd.

Siegfried.

       So hab' ich mich
Verspätet wohl — Nun — heute geht mir's hin —
Du weißt ja, was mich hielt. Jetzt aber laß
Mit frohem Glückwunsch dir die Rechte schütteln;
Und mag dir aus dem Schoße dieser Nacht
Ein freudereicher Sproß dereinst erblühn,
Der Erstling eines stolzen Waldgeschlechts.

Gunther.

Dein Wort ist bitter. Doch du weißt es nicht.

Siegfried.

Mein treu gemeinter Wunsch? Ei, Schwager Gunther,
Wie faß' ich dich! — Du schweigst? Du kehrst dich ab?
Was ist geschehn?

Gunther.

O, ich bin elend, Siegfried,
Unsäglich elend! —

Siegfried.

Bei den Göttern! Sprich!
Erkläre mir —

Gunther.

Griffst du verschmachtend je
Nach einem Becher schon, und fandest drin
Anstatt des süßen Trunks, nach dem du lechztest,
Geschmolzen Erz?

Siegfried.

Errat' ich dich? — Brunhild?

Gunther.

Der Fels, auf dem sie wuchs, der eisumstarrte,
Gibt eher Gunst um Gunst zurück, als sie.

Siegfried.

Die Rasende! Vermißt sie sich der Welt

Gesetz und Ordnung auf den Kopf zu stellen?
Ein Weib so schön und hoch, so ganz geschaffen,
Die Mutter eines Heldenstamms zu sein,
Und frostgepanzert wie der Winter selbst!
Beim Wodan! Schick sie heim in ihren Norden!
Ins Eis mit ihr, die nicht zu Menschen taugt!
Du bist's dir selbst, bist's deiner Würde schuldig.
Noch heute fort mit ihr!

Gunther.

Was forderst du?

Unmöglich, Siegfried. Hätt' ich nie den Ruf
Von ihrer Herrlichkeit vernommen, nie
Geschaut mit Augen, daß er Wahrheit sprach:
Mir wär' es besser, freilich. Aber jetzt,
Nachdem ich kaum sie mein geheißen, jetzt
Mich selbst zum Witwer machen? Nimmermehr!
Denn nenn' es Zauber, nenn' es blinden Wahnsinn,
Noch immer lieb' ich dieses Weib und lieb' es
Nur ungestümer heut, als je zuvor.
Umsonst beschwör' ich meinen ganzen Groll
Empor, mein eigen Blut ist wider mich
Mit ihr im Bund; durch diese Adern pocht
Ein Feuerstrom und wilde Sehnsucht weitet

Unwiderstehlich mir den Busen aus.
O niemals schien sie mir so schön, niemals
Ihr herrlich Haupt, aus wilden Locken dräuend,
So kronenwürdig, wie in dieser Nacht.

Siegfried.

Du schwärmst statt zu beschließen. Fasse dich!

Gunther

(nach einer Pause).

Siegfried —

Siegfried.

Was brütest du?

Gunther.

Der Stunde denk' ich,
Da du Chriemhildens Hand von mir erwarbst.
Da schwurst du mir ein feierlich Gelübd.

Siegfried.

Ich weiß, doch längst erfüllt' ich's.

Gunther.

Freilich, wenn
Du nur die Worte wägst.

Siegfried.

Was soll das, Gunther?
Mir deucht doch, was ich schwur, war sonnenklar
Und nichts zu biegen dran und nichts zu deuten.
Auf deiner Brautfahrt Helfer dir zu sein,
Das sagt' ich zu, und hast du mein entbehrt?
Beim Thor, war ich's nicht, der an deiner Statt,
In deinem Adlerhelm die Augen täuschend,
Den Zweikampf ausfocht? Hat nicht dieser Arm
Den Speer geschossen und den Stein geschleudert
Und — wie's bestimmt war — dir die Braut erkämpft?

Gunther.

Die Braut! Was frommt der Name, wenn er nichts
Als Schall ist? Kann ich ruhn an seiner Brust?
Nein, Schmach und Spott! Er singt mit Eulenruf
Mir stündlich nur ins Ohr: „Du warbst betrogen!" —
Du aber gleichst dem Lotsen, der mein Schiff
Durch Riff und Brandung führte, um es dann
Im Hafen selbst noch untergehn zu lassen.

Siegfried.

Du schiltst mich ungerecht. Ist's meine Schuld,
Wenn sie sich kalt und lieblos von dir wendet?

Die Götter zeugen's mir: das Schwerste selbst
Vollbrächt' ich freudig, dich beglückt zu sehn!
Doch keinen Weg der Hilfe find' ich aus.

Gunther.

Und wenn ich dir ihn zeigte?

Siegfried.

           Nun, beim Thor!
Und führt' er dicht an Helas Schlund vorüber:
Du kennst mich doch; wozu der Umschweif dann?
Was wälzest du im Geiste? Sprich, was ist's?

Gunther.

Siegfried — Die Mitternacht ist augenlos —
Und kühne List gelang uns einmal schon.
Doch nein! Nicht hier, wo heller Sonnenschein
Die Wand vergoldet und der Schall des Wortes
An Sims und Pfeilern tönend weiterläuft,
Nicht hier davon! Zur alten Drachenkluft
Folg mir hinab, ins tiefste Tannendickicht,
Wo Tag wie Nacht ist und der Wassersturz
Dumpfbrausend den gesprochnen Laut verschleiert,
Daß er sich leichter von der Lippe wagt.
Dort sollst du hören was mein Herz begehrt.

Geibel, Brunhild.   11

Siegfried.

Was finnst du nur?

Gunther.

Nicht hier! Nicht hier! Komm mit
Hinab! Und ihr, ihr wahlverwandten Götter
Der Liebe und des Trugs, geleitet uns!

(Indem sie sich zum Gehen wenden, fällt der Vorhang.)

Perſonen.

Gunther, König zu Worms.

Brunhild, deſſen Gemahlin.

Siegfried von Niederland.

Chriemhild, Siegfrieds Gemahlin, Gunthers Schweſter.

Giſelher, Gunthers und Chriemhildens jüngerer Bruder.

Hagen, ⎫
Volker, ⎬ Gunthers Dienſtmannen.

Sigrun, Prieſterin, in Brunhildens Gefolge.

Gerda, Chriemhildens Geſpielin.

Hunold, ein Kämpfer.

Eine Jungfrau der Brunhild.

Kämpfer, Diener, Jagdgefolge, Jungfrauen.

Die Handlung geht vor ſich auf der Königsburg zu Worms.
Sie beginnt am frühen Morgen nach der Doppelhochzeit
Gunthers und Siegfrieds, und dauert bis zum Anbruche des
ſiebenten Tages. Die Zeit iſt heidniſch.